Duanna Mund

Rot wie die Hoffnung

Duanna Mund

Rot wie die Hoffnung

BOD

Bibliographische Information der Deutschen Bibliothek:
Die Deutsche Bibliothek verzeichnet diese Publikation in
der Deutschen Nationalbibliographie; detaillierte bibliographische Daten sind im Internet unter http://dnb.ddb.de
abrufbar.

© 2017 Duanna Mund
2. Auflage 2020
Umschlag- und Buchgestaltung:
Birgit und Franz Winkler, Anton Christian Glatz
Herstellung und Verlag:
BoD – Books on Demand, Norderstedt

ISBN   9783751906425

Inhaltsverzeichnis

Die handelnden Personen:

Ayasha   Frau aus Damaskus / Syrien
Name arabisch / bedeutet „Leben"

Samir   Ayashas Mann
Name arabisch / bedeutet „Begleiter bei abendlichem Gespräch"

Laith   Ayahas Sohn
Name arabisch / bedeutet „Löwe"

Lana   Ayashas Tochter
Name arabisch / Kurzform von Alana, bedeutet „die Schöne"

Sidi   Ayashas Großvater
Name ostarabisch / bedeutet „mein Großvater"

Tarek   Junge aus dem Westjordanland / Israel
Name arabisch / bedeutet „der an die Tür klopft"

Zahira   Frau aus Mossul / Irak
Name arabisch / bedeutet „hell, glänzend"

Hakim   Zahiras Mann
Name arabisch / bedeutet „der Weise"

Alkan   Mann aus der Türkei
Name türkisch / bedeutet „blutrot"

Goman   junger Mann aus dem Norden Syriens
Name kurdisch / bedeutet „der Gläubige"

Roye   Gomans Schwester
Name kurdisch / bedeutet „Sonne, Tag"

Reem   Frau aus Syrien
            Name arabisch / bedeutet „weiße Antilope"

Christine   Frau aus Österreich
            Name ursprünglich griechisch / bedeutet „die Gesalbte"

Die Elster

Endlich hatte Tarek sich so weit im Griff, dass das dröhnende Rauschen in seinen Ohren nachließ. Nur das heftige Pochen in der linken Schläfe hielt an und er vernahm deutlich, wie es gegen die Wand aus Dunkelheit schlug. Bevor der Schein der nackten Glühbirne erloschen war, hatte er sich genau eingeprägt, wo der Mann lag. Darin war er gut, das wusste er. Alles lediglich eine Frage der Übung. Genau hatte er Winkel und Entfernung vom Tisch zum schmalen Lederbeutel unter dem Hemd des Mannes studiert, das Hemd, dem man die Strapazen der letzten Wochen ansah, schmutzig und verdrückt wie es war. Die Knöpfe am Hals trug der Mann immer geschlossen, so als hätte er heute noch ein geschäftliches Treffen. ‚Wie dumm‘, dachte Tarek und erinnerte sich in der Dunkelheit an den abgewetzten Kragen, dem der dritte Knopf fehlte, ausgerechnet jener, unter dem der Lederbeutel verborgen gewesen wäre. Warum trug er nicht, wie die anderen, das weite, um die Hüfte gebundene Hemd der Bauern? Er hätte es darin besser gehabt. Alkan wäre nicht auf ihn aufmerksam geworden und hätte möglicherweise einen anderen ausgesucht. Der Städter war aufgefallen. Auf den ersten Blick sah man ihm an, dass da was zu holen war. Erneut fiel Tarek der Knopf ein. Er hatte ihn am Morgen desselben Tages unter dem Tisch gefunden und eingesteckt. Der Mann sollte ihn nicht finden.

Tarek visualisierte den Beutel vor seinem inneren Auge. Das half gegen die Aufregung. Wirklich, die Ruhe kehrte zurück. Er atmete tief ein. Jedes Mal war es so. Es brauchte einfach Zeit, bis die Panik wieder verging, die Panik, die kam, wie eine Woge, unaufhaltsam, wenn es finster wurde. Er war ihr ausgeliefert. Wie gut, Alkan schien ahnungslos zu sein. Beim Üben funktionierte Tarek und er lernte schnell. Alkan setzte große Stücke auf ihn und verließ sich darauf, dass Tarek zu allem bereit war, zu allem. Nun aber wartete Alkan draußen, gleich drüben beim Loch im Zaun. Der Gedanke zwang Tarek zur Konzentration. Er durfte nicht versagen, Alkan würde es nie akzeptieren. Jetzt besann er sich darauf, dass er auf die Frau des Mannes achten musste. Er lauschte. Gleich neben ihm lag sie, zwischen ihren beiden Kindern auf der Decke am Boden. Erleichtert vernahm er tiefe Atemzüge. Lange vor der Dämmerung waren sie erschöpft eingeschlafen. Ayasha, die Frau – er musste es vermeiden, ihr in die Augen zu blicken. Sie war die Einzige, die es in der Hand hatte, ihn von seinem Vorhaben abzubringen. Bei Laith, ihrem Sohn, galt es besonders vorsichtig zu sein. Der Kopf des Jungen lag wahrscheinlich wie zuvor auf den Beines des Vaters und er drehte sich unruhig hin und her.

Tarek horchte erneut hinüber zum Mann. Stille ... Lautlos setzte er den ersten Schritt hinüber zur linken Tischkante, um sich an dieser entlang zu tasten. Jetzt blieb nur noch ein halber Meter bis zur Brust des Mannes. Wenn er sich niederkniete, könnte er in der Dunkelheit besser die Höhe abschätzen. Sein Griff musste sicher sein. Für einen Augenblick fiel das Licht der Scheinwerfer eines vorbeifahrenden Autos durch die schmale Dachluke herein und tanzte gespenstisch über seine Hand. Tarek duckte sich, zuerst erschrocken über das verräterische Licht, dann über seine eigene heftige Bewegung. Er spürte, wie seine Hand vorfuhr und sich den Beutel griff. Als er seinen Fehler erkannte, war es bereits zu spät.

Die weit offenen Augen des Mannes fuhren wie ein flammendes Schwert auf ihn zu, noch bevor sich der feste Griff um sein Handgelenk schloss. Jetzt ging alles schnell. Ein schmerzerfüllter Schrei gellte durch den Raum, als Tarek seine Zähne in die Hand des Mannes rammte. Ein heftiger Ruck und das dünne Band, an dem der Lederbeutel hing, riss. Mit dem Instinkt eines gejagten Tieres stürzte Tarek hinüber zur Tür. Trotz völliger Dunkelheit wusste er genau, wo sich diese befand. Er trampelte über den Körper eines am Boden liegenden Menschen, trat auf etwas Weiches und verfing sich. Eine Decke – Fast wäre er … Tarek stürzte.

Panik – da war sie wieder. Alkan wartete. Während Tarek auf allen Vieren zur Tür kroch, hörte er Alkans Stimme, die ihn zwang zu denken: ‚Die Schwingen der Elster! Hoch! Erhebe dich! Du bist stark und schnell! Die Beute … sie gehört dir … Flieg! Flieg!‘ Vor dem Mann erreichte Tarek die Tür. ‚Flieg …‘ Dicht, ganz dicht konnte er ihn im Rücken spüren. Jetzt. Ein Griff von hinten. Der Mann – die Hand fuhr in die hereinströmende Nachtluft, ins Leere. ‚Dort, der Vogel! Hinterher …‘

— - —

Im Haus ging das Licht an, hell, viel zu hell. Die Menschen im Raum waren aufgesprungen. Geblendet blickten sie zur offen stehenden Tür, durch die die Kälte der Nacht hereindrang. Für einen Moment wagte es niemand, sich dieser zu nähern. Dann aber löste sich Ayasha von ihrer weinenden Tochter und ging zum schwarzen Rechteck, in dem ihr Mann verschwunden war. Wortlos blickte sie hinaus in die Dunkelheit. Es schien, als wollte sie rufen, doch ihre Stimme versagte. Laith drängte seine Mutter zur Seite und schrie: „Vater! Samir! Samir! Vater!" Er lief hinaus in die Dunkelheit. „Vater!"

Niemand fand nach dem Vorfall wieder Schlaf. Zwei Männer sorgten rasch für Ruhe. Der Kleinere von ihnen zischte böse: „Die Grenzschutzpolizei! Gleich werden sie da sein!" Alle zuckten zusammen. Der Lärm durfte nicht nach draußen dringen. Verzweifelt schaute sich Ayasha um und suchte den Mann, den Samir für den Transport zur

11

bulgarischen Grenze angeworben hatte. Dieser blieb unauffindbar. Auch der Junge, der nie von seiner Seite gewichen war, schien verschwunden zu sein. Jetzt schlug der Kräftigere der Schlepper einer hysterisch weinenden Frau ins Gesicht. Augenblicklich verstummte diese. Alle blickten fassungslos in die kalten Augen des Mannes und niemand wagte es noch, einen Laut von sich zu geben.

Ayasha ließ sich widerstandslos von den Frauen auf ihren Platz zurückführen und saß wie erstarrt neben der Mulde der Decke, die vom schlafenden Körper ihres Mannes geblieben war. In dieser lag zusammengerollt ihre Tochter. Das Mädchen schien den Geruch des Vaters umschlingen zu wollen. Laith kehrte aus der Kälte der Nacht zurück und setzte sich zu seiner Mutter. Es tat weh, die zurückgebliebene Familie zu beobachten, so weh, dass keiner im Raum offen hinsah. Aus den Augenwinkeln beobachteten die verängstigten Menschen, wie Laith das abgerissene Lederband unter dem Tisch aufhob und seiner Mutter in die Hand legte. Dann wurde das Licht wieder ausgeschaltet. Das Bild blieb und alle wussten, dass es das Band von dem Beutel war, in welchem der Mann die Papiere der Familie aufbewahrt hatte. Die Finsternis stand als schwarze Ohnmacht im Raum.

Erst als die Dachluke nach endlos erscheinenden Stunden als schmutzig-graues Rechteck den Morgen ankündigte, schlichen zwei Männer hinaus ins Freie. Kurz fiel der Schein der Dämmerung auf den Boden des Raumes und Ayasha konnte sehen, dass die beiden Lehrer aus Großvaters Bergdorf sich auf die Suche nach Samir machten. Als die zwei nach einer Stunde wieder zurückkamen, waren die Vorbereitungen für den Aufbruch schon voll im Gange. Schnell, schnell – hinüber zum Lastwagen, dessen geöffnete Plane den Blick auf die leere Ladefläche frei gab. Einer der Lehrer blickte stumm hinüber zu Ayasha und erwiderte ihren fragenden Blick mit kaum merklichem Kopfschütteln. Der andere eilte bereits seiner Familie hinterher. Weil das Geräusch des gestarteten Motors hereindrang, stürmten nun auch die Letzten hinaus. Der Lehrer, der gerade Ayasha aufhelfen wollte, hielt in der Bewegung inne, als er ihren starren Blick sah. Die Frau würde zurückbleiben. Zuletzt eilte er den anderen hinterher.

Ayasha nahm von alledem nichts mehr wahr. Sie blickte ausdruckslos auf das Band in ihren Händen, als begriffe sie nicht. Laith hob das Stück Brot auf, das in der Eile des Aufbruchs zu Boden gefallen war. Er schabte mit seinen Fingernägeln den klebrigen Staub von der feuchten Rinde und legte den Laib in den Kittel seiner Mutter. Dann strich er über ihr wirres Haar und hüllte ihre hängenden Schultern in die Decke des Vaters. Laith, der Zwölfjährige, wirkte groß neben der in sich zusammengesunkenen Frau. Etwas hatte sich verändert. Er vernahm die schon vergessen geglaubten Worte des Vaters. Sie klangen laut und deutlich. Damals, als sie stehengeblieben waren, um ein letztes Mal hinüber zum Baum zu blicken, unter dem sie am Tag zuvor Sidi begraben hatten, Sidi, seinen Urgroßvater – Vaters Worte: „Du wirst die Familie führen, wenn ich es nicht mehr kann. Du, mein Sohn.“

Laith hatte ihnen wenig Beachtung geschenkt, denn Vater war immer da, wenn er gebraucht wurde, allmächtig, allwissend. Jetzt verstand er. Vater musste vorausgesehen haben, dass das Schicksal sie trennen würde. Aber allmächtig? War er auch allmächtig? Inschallah[1]! – Bald würde er wieder da sein! Es war nur vorübergehend, vielleicht schon morgen oder übermorgen. Laith spürte so etwas wie Zuversicht. Bis dahin galt: ‚Du wirst die Familie führen!‘

Der Junge versuchte seiner Stimme einen festen Klang zu geben: „Mutter ... Wir warten.“ Ayasha rührte sich nicht. „Mutter?“

---

1 Redewendung, die von arabisch sprechenden Christen, Juden und Muslimen verwendet wird, sinngemäß „So Gott will“

Ayasha

Jetzt ist es warm geworden und heute Morgen saß ein kleiner Vogel auf dem kahlen Baum vor meinem Fenster. Er muss hier neu sein, neu wie ich. Gestern war er jedenfalls noch nicht da. Ich kenne ihn nicht, wie vieles hier, und doch ist er vertraut wie das Gestern meines Lebens. In seinen Flügeln nistet die salzige Luft des Meeres. Wenn er das Trillern drüben im Strauch hört, antwortet er mit einem Echoruf. Die Melodie ist mir fremd und doch klingt sie lieblich wie das unbeschwerte Lied einer Hirtenflöte. „Jetzt wird es besser werden, Ayasha. Du wirst sehen!", sagen die Frauen, als sie den Vogel erblicken.

Auch sie sind mir nicht vertraut, obwohl sie in meiner Sprache reden. Sie streifen das Tuch von den Haaren, jetzt, da die Sonne an Kraft gewinnt, und halten die Wangen ins Licht. Mich, die ich abseits stehe, holen sie in ihre Runde. Sie sagen: „Träume nicht vom Schatten der Aleppokiefer."

Als ich zum Weiß der Berge am Ende der Welt hinüberblicke, drehen sie meinen Kopf zur Seite. Ahnen sie, dass ich mich an den Tag erinnere, an dem auf den Alawiten der Schnee lag? Daran, wie die Wände von Großvaters Haus erzitterten und Vaters Haare weiß wurden wie drüben die fernen Gipfel? Sie sorgen sich um mich, obwohl sie nichts von mir wissen können. Immer, wenn ich mich vor dem blutigen Kragen des Sommers fürchte, beruhigen sie mich und stellen sich vor die Bilder der Gewalt im Bildschirm des Fernsehers. Ich könne froh sein, meine Kinder bei mir zu haben. Was sollen die sagen, die allein gekommen sind? Besser gehe es mir als so manchen anderen.

Wir lehnen an der Wand des Hauses, in das wir vor wenigen

Wochen eingezogen sind. Die Erde dampft die Restkühle der Nacht in die laue Luft des Tages. Bloßfüßig stehen wir, wie ich es von zu Hause in den Bergen gewohnt bin. Das Gras zwischen meinen Zehen scheint sich warm zu zittern und es flüstert meinen Toten zu. Das ist lauter als das Gerede der Frauen. Ich wehre mich gegen die aufkommende Unruhe und halte mir die Ohren zu. Es ist wirkungslos und wieder spüre ich, wie es in mir hochsteigt. Wie oft in letzter Zeit werde ich zornig und hoffe, beim nächsten Wutausbruch alles zu vergessen. Ich warte und bete darum, dass Rosa nicht mehr Tamariske sei, Grün nicht mehr Feige, Gelb nicht Zitrone und Rot? Rot … Rot darf Granatapfel bleiben, muss Granatapfel bleiben! Rot darf Damaszenerrose bleiben. Rot muss!

Die Frauen sagen: „Nouruz² wird auch bleiben!"

Als hätten sie meine Gedanken gelesen. Heute, im ersten warmen Frühling, werden wir Nouruz feiern mit all seinen Farben, die das Fest ausmachen. Die Stimmen der Frauen lachen: „Der Tag hat die Nacht eingeholt und wird sie von nun an übertreffen!"

„Tahwil-e Sal³!", jubeln sie.

Wie könnt ihr feiern? Den Weizen habt ihr nicht zum Keimen gebracht! Wo sind die flachen Schüsseln mit den grünen Schösslingen? Ihr müsst die beschädigten Gegenstände entsorgen, die zerbrochenen! Nichts ist so, wie es der Brauch befiehlt. Wie auch? Wir haben ja nichts mehr, weder hier noch zu Hause. Das Zerbrochene fehlt, das Ganze. Zudem haben sie auf die rituelle Körperreinigung vergessen, feiern einfach ohne Vorbereitung, mit Körpern, die nicht von Sünden befreit sind, ohne Waschungen, die die Seelen von ihren Qualen

---

2 persisch, Name des Neujahrs- bzw. Frühlingsfestes, das am 20. oder 21. März gefeiert wird, sinngemäß „neuer Tag"
3 persisch, sinngemäß „Tag-und-Nacht-Gleiche"

erlösen. Das Fest der Himmelfahrt von Jamshid, dem mythischen, iranischen König, findet in diesem Jahr fast zugleich mit dem Tag der Auferstehung Jesu Christi statt. Zwölf Tage muss unser Fest dauern, erklärten wir den Einheimischen. Und zu Hause tanzen wir.

Die Frauen entzünden ein kleines Feuer. Hier wird es große geben, am Karsamstag. Auch das haben wir gelernt und, dass die Einheimischen, wenn das Feuer heruntergebrannt ist, über die Glut springen – Jung und Alt, wie zu Hause an Charshanbe-Suri[4]. Während Zahira die Hände über die wärmenden Flammen hält, erzählt sie: „Hier legen die Eltern gefärbte Eier in kleine Nester und verstecken diese."

Wenn sie spricht, klingt stets ein Lächeln in ihrer Stimme. Obwohl sie auch nicht länger in Österreich ist wie die anderen, rufen wir sie, wenn jemand zum Übersetzen gebraucht wird. Sie scheint gebildet zu sein, Zahira, die feingliedrige Frau aus dem Irak, die fließend Englisch spricht. Alle mögen sie und sie hat auch schon Freundschaft geschlossen mit der jungen Deutschlehrerin, die zweimal in der Woche ins Haus kommt. „Wenn die Kinder die Eier suchen", fährt Zahira fort, „lässt man sie glauben, dass es ein Hase sei, der diesen Unfug treibt!"

Die Frauen schütteln die Köpfe und wundern sich, doch Brauch ist Brauch. Auf alle Fälle gefiele dieser Spaß dem Haji-Firuz[5], das steht fest. Erzählten wir den Einheimischen von ihm, sie würden wohl ebenso erstaunt schmunzeln wie wir gerade. Er sieht ulkig aus, der rot gekleidete Mann mit seinem Magierhut, seinem schwarz-gefärbten Gesicht. Die Leute hier hätten ihre Freude daran, wie er mit seinem Tamburin durch die Gassen zieht und seine munteren Lieder singt, wie er die Menschen mit der guten Nachricht glücklich macht, mit

---

4 persisch, Vorabend des letzten Mittwochs des Jahres im iranischen Kultur-raum, sinngemäß „fröhlicher Mittwoch"
5 Nouruz-Botschafter

seinen Geschichten vom kommenden Frühling. Die Sorgen verjagen, den Kopf hochhalten und fröhlich sein: Dafür steht der Haji-Firuz.

Es ist Nacht geworden. Das Feuer wärmt meine Hände kaum mehr, ist bloß knisternde Glut. Beunruhigt schaue ich mich nach Laith und Tarek um. Da sind die beiden. Sie haben sich in eine Decke gehüllt und schlafen auf dem Steinboden. Soll ich sie wecken? Nein, wie kleine Hunde, die sich gegenseitig wärmen, schmiegen sich die Bubenkörper aneinander. Lana lehnt an meiner Brust und blickt mit großen dunklen Augen in das rote Glimmen. Ich streiche zärtlich über das glatte Haar meiner Tochter. Niemals weicht sie von meiner Seite. Alle sind sie bei mir! Lana, Laith und Tarek, auch Tarek. Samir …?

Gleich wird er zur Tür herein kommen. Morgen oder übermorgen. Samir. Gleich … Besser geht es mir als so manchen von ihnen. Was sollen die sagen, die allein gekommen sind?

Ich hebe den Blick. Dort, wo die Berge weiß waren, am Ende der Welt, ist jetzt nichts mehr. Nur Dunkelheit, und dennoch brennt sich das weiße Haupt meines Vaters erneut in meine Erinnerung. Müde bin ich. Ob ich jemals in meinem Leben derart müde war? Vielleicht solltest du aufhören zornig zu werden, denkt es in mir, nicht mehr darauf warten, alles zu vergessen!

Rot darf Granatapfel sein, Damaszenerrose, Ostereierrot – ja, das auch. Und – das Blut im Boden meiner Heimat."

Der Zaun

Laith vermochte nicht zu sagen, wie viel Zeit vergangen war. Das Rechteck im Dach wechselte vom Weiß des Tages ins Schwarz der Nacht, wieder, immer wieder. „Wir warten", sagte er, wenn er schlaflos im Bett lag. „Wir warten", zu Lana, obwohl sie nicht fragte. „Wir warten", zur Mutter, die stumm blieb.

Hinaus wagten sie sich nicht. Laith wusste, dass Mutter, auch wenn sie schwieg, es nicht geduldet hätte, dass sie sich der Gefahr aussetzten, entdeckt zu werden. Allein für die Notdurft verließen sie den Raum und hockten sich hinter die Brennnesseln beim Haus. Das Brot half den Hunger zu stillen, anfangs. Trinkwasser fanden sie in der trüben Pfütze, die vom Regen im rostigen Eimer vor dem Schuppen zurückgeblieben war. Lana wurde zunehmend unruhig, aber die Mutter schien es nicht zu bemerken. Laith half sich selbst, indem er dazu überging, seine kleine Schwester irgendwie zu beschäftigen.

Als Ayasha kurz eingeschlafen war, schlich er sich hinaus und klaubte Kiesel vom Rand des Schotterweges auf, die er in den Säcken seiner viel zu weiten Hose sammelte. Wieder zurück, begann er auf dem Boden des Raumes die Steinchen zu kleinen Ziegen und Schafen zu legen. Nicht lange und er musste Nachschub holen, denn Lana hatte augenblicklich begonnen, mitzubauen.

Als die Mutter erwachte, war bereits eine Landschaft entstanden. Das Bild von der Weide auf dem Hügel, das sie beim Blick aus dem Fenster im ersten Stock von Sidis Haus hatten. Die Mutter schwieg, dennoch sah sie, dass alles vorhanden war: der kleine Wald unten am Bach, die schroffen Felsen, ja selbst die Krallen des Baumes, in den letzten Sommer der Blitz gefahren war.

Aus den kleinsten Kieseln, den wenigen glatten, runden, hatten sie Vater gelegt und Ro, den Hund.

Weil Laith es neben seiner stets wachen Mutter unmöglich war, den Raum unbemerkt zu verlassen, verlegten sich die Kinder am nächsten Tag darauf, die grauen Blumen, die der Schimmel an die Wand unter der Dachluke gezeichnet hatte, weiterzumalen. Mit dem kleinen Messer, das Laith zu seinem zwölften Geburtstag geschenkt bekommen hatte, kritzelten sie abwechselnd Muster und Linien in den blätternden Verputz. Ganz unten im Eck fanden sie Vater wieder, sie brauchten ihn nicht einmal zu zeichnen. Da war der dunkle, schmale Fleck, der zu zwei krakeligen Beinen auslief. Bloß den Kopf schwindelten sie noch dazu.

Noch unerträglicher als die Tage zogen sich die Nächte. Laith wusste, dass seine Mutter wach blieb. Er konnte ihre offenen Augen in der Dunkelheit sehen, bewegungslos hinüber zur Tür gerichtet und kalt wie das Glimmen der Milchstraße. Laiths Verstand erfasste nicht, warum er bei Mutters leerem Gesichtsausdruck an den Sternenbogen am Himmel denken musste. Oder doch? Sein Innerstes war erfüllt von Einsamkeit. Unerreichbar schien die Mutter, fern der Vater wie das letzte Gestirn im äußersten Winkel des Firmaments.

Das Rechteck im Dach war wie eine Erlösung, als es sich im Morgenlicht endlich von der schwarzen Erbarmungslosigkeit abhob. Laith stand auf und ging leise zur Tür. Als er zurückblickte, sah er, dass Mutter ihn beobachtete. Kein Wort kam über ihre Lippen und er trat hinaus. Das Blau des Wintertages ließ ihn kurz straucheln. Dann atmete er tief ein und folgte entschlossenen Schrittes den Spuren im Schnee, die hinüber zum Zaun führten. Dort angekommen sah er, dass die Abdrücke sich in zwei Linien entlang des Stacheldrahts teilten. Offensichtlich hatten die Lehrer der Dorfschule bei ihrer Suche nach seinem Vater den Zaun abgeschritten. Nachdem er sich zuerst nach rechts gewandt hatte und bis zum Ende der Spur gegangen war, versuchte Laith es in der entgegengesetzten Richtung. Hinter dem Wäldchen gelangte er zu einer Stelle, an der der Zaun eine Biegung machte und quer über ein Stoppelfeld zu einer kleinen Strauchgruppe führte. Er zögerte. Sollte er es wirklich wagen, seine Deckung zu verlassen? Erst nachdem er sich vergewissert hatte, dass weit und breit niemand zu sehen war, ging er los. Der Boden war hart. Bald kam Laith näher heran und er bemerkte, dass sich im Schnee, vor den Büschen eine aufgewühlte Grube befand. Da begann er zu laufen. Zuletzt stolperte er und ging zu Boden. Im selben Augenblick erkannte er, dass auch der Vater hier gestürzt war, denn die Spuren des Kampfes waren deutlich. Ein großes Loch klaffte im Zaun. Laith reckte vorsichtig den Kopf hinüber auf die andere Seite … nichts. Drüben fiel das Gelände als steinige Wiese hinab in eine Senke. Das Gras war kaum von Schnee bedeckt und lag wie niedergemäht im eisigen Wind. Falls es hier jemals etwas gegeben hatte, was darauf hinwies, wo Vater zu finden wäre, war es längst hinweggewischt.

„In Gottes Namen", murmelte Laith, wie er es von Vater gelernt hatte, und dann Mutters „Inschallah".

Alles liegt in Gottes Hand, hatte Vater gesagt, als sie aufgebrochen waren und zurückgeblickt hatten, ein letztes Mal. Er spürte die Hand des Vaters in seiner, groß und warm. Sie spendete keinen Trost. Ermattet ließ Laith sich in die Grube zurücksinken und blickte hinauf zum Himmel. Am Rand seines Gesichtsfelds krallte sich der Zaun in sein Gehirn, der Zaun mit dem Fetzen eines abgerissenen Hemdärmels. Weiß war er, fast wie Schnee. Einzig die Fransen am Rand zeigten eine blutig-schwarze Linie, die wie in einer Bordüre als regelmäßiges Muster in den Stoff auslief. An der Kälte auf seinen Wangen spürte Laith, dass ihm die Tränen zu beiden Seiten des Gesichts hinunterliefen. Als sich sein verschwommener Blick wieder klärte, sah er, dass auf

20

dem Draht eine Kette aus Eisblumen tanzte. Alles um ihn drehte sich.

Ein großer Vogel, dort – klar und deutlich. Plötzlich war er da und in dem Augenblick, da Laith ihn entdeckte, flog er krächzend hinüber, dorthin, wo Vater verschwunden war. Der Junge wusste, nie würde er seinen wippenden Flug vergessen, denn alles, was er Vater jemals sagen wollte, nahm er mit sich. Schwarz, weiß, schwarz, weiß brannten sich die Flügel in seine Seele ein. „Es ist nur eine Elster", sagte er, um sich zu beruhigen, doch seine Stimme zerbrach ...

Als sich der Schwindel in seinem Kopf gelegt hatte, erhob er sich und ging zurück zum Haus.

Ayasha

Wenn ich eine Geschichte zu erzählen hätte, wo würde sie beginnen? Was wäre ihr Schluss? Anfang und Ende – dazwischen fehlte ihr der Inhalt. Nichts, Leere! In welcher Zeit schriebe ich? Vergangenheit? Gegenwart? Zukunft – undenkbar. Woraus bestünde die Handlung, welche Personen spielten ihre Rollen? Ich – wo bin ich in meiner Geschichte? Da müsste doch die Mutter sein! Die Mutter für Laith und Lana, für Tarek, wenn schon der Vater fehlt.

Zahira zieht mir das Nachthemd über den Kopf und möchte mich zwingen aufzustehen. Nichts wird es mit dem Tag, der fernbleiben soll. Noch immer bin ich am Leben. So leicht geht es nicht vorbei, auch wenn ich gestorben bin letzte Nacht, im Schlaf. Letzte Nacht und all die Nächte davor.

Sie ist mein Feind – Zahira! Ich hasse sie, weil sie es verhindert, dass alles aufhört. Sie öffnet das Fenster über dem Bett, in dem ich wie angewachsen sitze. „Sieh nur! Der Frühling!", sagt ihre sanfte, grausame Stimme und dann: „Die Sonne!"

Augenblicklich strömt der Duft des lila Strauches vom Nachbargarten herein. Ich schließe die Augen, um wenigstens nicht sehen zu müssen, wie es sich draußen zu Tode blüht. Das Leben – zerknüllt und weggeworfen – es ist unmöglich, dass es sich neu entfaltet. Irrtum. Täuschung. Es stimmt nicht, was Zahira sagt!

Süß drängt es herein, da helfen auch meine geschlossenen Augenlider nicht. Der Duft ist so schwer, dass er mich zu Boden zieht, hinein zum Mittelpunkt der Erde. Es gibt keinen Platz in der Welt, keinen Platz mehr in mir. Zahira nimmt mich in ihre Arme. Ich spüre ihre Berührung nicht, gerade darum stoße ich sie von mir. Weg, weg!

Dann aber … ‚Komm, versuch es noch einmal‘, will ich sagen. ‚Nimm mich in die Arme! Ich lebe noch!‘

Die Decke, die ich mir über den Kopf gezogen habe, erstickt meine Stimme. Das Dunkel ist warm. Ich liebe diese Decke, denn in ihr spüre ich mich. Sie schmiegt sich um meinen Leib, formt mich, macht meinen Körper sichtbar. Dieser liegt da, wie eine zusammengerollte Katze. An den Konturen der Decke kann man sehen, dass es mich noch gibt.

Zahira versteht und ist geblieben. Sie hat begonnen, der Decke vorzulesen, Wörter, einzelne Wörter. Das ist gut so. Keine Geschichte, denn Geschichten gibt es nicht. Wörter sind harmlos und Zahira spricht in der fremden Sprache. „Ich, du, er, sie, es … – wir, ihr, sie. Ich gehe, du gehst, er geht, sie …“

Stille. „Gut – böse, warm – kalt, oben – unten, dick – dünn, hoch – tief, alt – … Wie war das doch gleich?“

Zahira überlegt. Unter meiner Decke stelle ich mir vor, wie sie nachdenkt. Wie sie vorgibt, nachzudenken. Natürlich weiß sie es! „leicht – schwer, vorne – hinten“, geht es weiter. „Dunkel – …“

Zahira zieht mir die Decke vom Gesicht. „… hell“, ergänze ich.

Ich sehe mein Aufgabenheft in ihren Händen und erinnere mich, dass gestern die Ausfüllübung unvollendet blieb. Zahira richtet meinen Polster zurecht, sodass ich mich aufsetzen kann, und legt mir den Bleistift in die Hand.

„Beeil dich“, muntert sie mich auf. „In einer halben Stunde gehen Laith und Tarek in die Schule.“

Ich stehe auf und ziehe mich an. Die Aufgabe kann ich später noch machen. Es sind ja bloß Wörter. Wörter und keine Geschichte.

Die Frauen

Zahira hatte lange darauf bestanden, dass Ayasha mitkommen sollte. Drei Zugfahrscheine für drei Frauen lagen für die Fahrt nach Graz bereit. Warum auch nicht? Heute hatten sie erstmals Ausgang und ihre Männer würden inzwischen auf die Kinder aufpassen. Der Vorschlag war von der Deutschlehrerin gekommen und weil sie ihren guten Willen zeigen wollten, ihre Bereitschaft, sich anzupassen, beschlossen sie mitzumachen. Was sollte den Frauen hier schon passieren? Es war ein sicheres Land, das sie endlich erreicht hatten, obwohl … Nein, es würde schon alles gut gehen. Jetzt ging es darum, Vertrauen zu haben. Dennoch war die Aufregung groß.

Zahira wunderte sich nicht, dass Hakim, ihr Mann, kein Problem damit hatte, ihren gemeinsamen Sohn zu beaufsichtigen, solange der Stadtausflug dauerte. Unwillkürlich huschte ein Lächeln über ihr Gesicht, als sie sich daran erinnerte, welch liebevoller Vater er in den Monaten der Flucht geworden war. Gleich darauf fröstelte es sie und unwillkürlich musste sie an die Kälte denken. Die Kälte war das Schlimmste gewesen. Zahira erinnerte sich an die Müdigkeit, an die Abende, an denen sie, wie so oft, in einer der schäbigen, unbeheizten Absteigen untergekommen waren. Abermals spürte sie die Feuchtigkeit des nassen Mauerwerks, die sich in die muffigen Jacken geschlichen hatte, die Kleider, die noch den Winternebel des Tagesmarsches in sich trugen. Unerbittlich wie die Kälte hatte sie in der Nacht der Hunger überfallen, wie ein Wolf in den Eingeweiden gewütet, um sich in jeden Funken Hoffnung zu verbeissen und mit Zahira um die Wette zu heulen. Sobald sie am Morgen aufgebrochen waren, hatte sich das gefräßige Tier zur Ruhe gelegt und sie wieder der heimtückischen Kälte überlassen. Gut, dass Hakim bei ihr gewesen war. Das Kind in ihren Armen hatte sich schwerer angefühlt, mit jedem Schritt, mit jedem Atemzug. Zahira wurde übel, jetzt, da sie an den langen Marsch dachte, die Tage und Nächte voller Erschöpfung und Existenzangst. Energisch fuhr sie sich mit der Hand über die Augen, als wollte sie die Bilder wegwischen, die sie zu überwältigen drohten.

Sie blickte hinüber zu Ayasha. Die Frauen hatten mittlerweile begonnen, sich zu zanken. Es waren zu viele, die in die Stadt fahren wollten. Zahira redete den Streitenden ins Gewissen: „Ayasha muss auf andere Gedanken kommen! Wir nehmen sie mit."

Alle blickten zu der jungen Frau hinüber. Diese schüttelte stumm den Kopf. Ayasha, die Scheue – Was sie wohl erlebt hatte? Wie wenig wussten sie voneinander! Ayasha schwieg wie stets. Es erweckte den Eindruck, als hätte sie ihre Sprache verloren. Dennoch schien es Zahira, als kenne sie die junge Frau aus Damaskus besser als die anderen. Die gemeinsame Flucht verband sie auch ohne Worte. Ayasha, ihre Kinder – Zahira fühlte sich irgendwie verantwortlich und zu der Syrierin mehr hingezogen als zu ihren Landsleuten, denen sie auf der Flucht begegnet war.

Erneut fiel ihr nachdenklicher Blick auf Ayasha und sie überlegte: Das Auffälligste an der jungen Frau war ihre Unscheinbarkeit. Wenn man ihr in die Augen sah, senkte sie den Blick zu Boden. Es schien, als vermeide sie es, bemerkt zu werden, als wäre es möglich, unsichtbar zu sein, wenn man selbst nichts sah. Das Hübscheste an ihr waren die langen Haare, die in schwarzbraunen Wellen über die Schultern fielen, darin waren sich alle im Haus einig. Anders als die Frauen der ländlichen Regionen trug sie kein Kopftuch, das diesen Schmuck verborgen hätte. Ihrer Schönheit war sie sich dabei nicht bewusst. Vielmehr hatte es den Anschein, als lenkte ihr natürlicher Kopfschmuck von den Gesichtszügen ab, als verberge Ayasha ihren Anblick unter einem Schleier aus Haaren, der mehr Schutz bot als jedes noch so sorgfältig gebundene Tuch.

Die Diskussion war mittlerweile weitergegangen. Zahira musste einsehen, dass Ayasha nicht gewillt war, das Haus zu verlassen. Ihre Blicke trafen sich und alles war klar. Als hätte Ayashas Schweigen die Frauen besänftigt, einigten diese sich letztendlich doch darauf, wer in die Stadt fahren sollte. Die Wahl fiel auf Reem, Roye und Zahira.

Reem kannte sich in der Stadt aus, war sie doch schon mehrmals mit ihrem Sohn im Krankenhaus gewesen. Der Junge litt an den Folgen eines Knochenbruchs am linken Bein. Reem würde wohl gut auf die beiden anderen Acht geben, meinten die Männer. Selbstbewusst band diese ihr schönes Tuch um den Kopf, das eine, mit dem sie sich stets zeigte, wenn sie aus dem Haus ging. Sie schlüpfte in den schweren Mantel. Bei der letzten Kleiderspende, die ins Haus gekommen war, hatte sie diesen für sich beansprucht. Schneller als die anderen war sie immer und, weil sie keine Zweifel plagten, sicher, dass ihr das Beste zustünde.

Während Reem und Zahira schon bereit standen, sprang Roye noch immer unruhig von einem Bein auf das andere. Das vierzehnjährige Mädchen überlegte, was es anziehen sollte. Es schwankte zwischen zwei Sweatern hin und her. Erst als Reem ungeduldig vor die Haustür trat, lief Roye in ihr Zimmer und streifte ein dünnes, pinkfarbenes Shirt über den Kopf. Die Sweater blieben am Boden des Flurs liegen.

Gegenüber dem Haus befand sich die Haltestelle der S-Bahn. Die drei Frauen mussten nicht lange warten und der Zug fuhr ein. Zahira blickte zurück und sah, dass die Daheimgebliebenen im Garten des Hauses standen und ihr aufmunternd zuwinkten. Sie drehte sich um und eilte den anderen hinterher. Diese suchten sich schon einen Sitzplatz. Blicke folgten ihnen, Zahira konnte es sehen, Blicke, teils offen, teils verhohlen. Sie sah die strenge Erscheinung Reems, den stolzen Ausdruck in ihrem Gesicht, das vom schönen Tuch eingerahmt wurde. Sie sah den tänzelnden Schritt Royes, das wilde Fohlen, kaum zu bändigen vor Lebensfreude. Als sich Zahira zu den beiden setzte, blickte sie in die Augen des einheimischen Mannes schräg gegenüber. In ihnen stand das Bild, das dieser vor sich hatte. Wie wenig verband Zahira mit Reem und Roye, und dennoch waren sie in den Augen des Mannes gleich: Flüchtlingsfrauen, vereint in ihrem Fremdsein. Die Tür schloss sich und der Zug fuhr mit leichtem Rucken los.

— - —

Als sich die Aufregung gelegt hatte, die mit dem Aufbruch in die Stadt verbunden gewesen war, kehrte im Haus wieder Ruhe ein und die Familien zogen sich in die Zimmer zurück. Nach den Wochen in der großen Halle, in die sie im Anschluss an die Registrierung bei der Erstaufnahme gebracht worden waren, genossen alle ihre Privatsphäre. Niemand dachte gerne an die lauten Nächte zurück, an die peinlichen Szenen ungewollter Intimität und die quälende Nähe fremder Menschen. Ayasha blieb in der Gemeinschaftsküche, um das Mittagessen zuzubereiten.

Erst am Nachmittag trafen die Familien wieder zusammen, denn die Neugierde wuchs. Alle wollten die zurückkehrenden Frauen begrüßen. Es wurde spät. Mit dem 6-Uhr-Zug kamen sie endlich. Roye erregte einiges Aufsehen, weil sie ihren Vorsatz verwirklicht hatte, eine von den eng anliegenden Jeans zu kaufen, genau so eine, wie sie sie an den Beinen einiger Mädchen ihrer Schulklasse gesehen hatte. Billig wäre die Hose gewesen, versicherte das Mädchen, jedoch es blieb wirkungslos. Reem strafte Roye mit Verachtung und zog sich schimpfend zurück. Das Mädchen war für sie eindeutig zu weit gegangen. Selbst durch die geschlossene Tür konnte man ihr empörtes Gezeter hören. Obwohl nicht mehr alles zu verstehen war, vernahm man in der Küche deutlich, wie sie sich bei ihrem Mann über das ihrer Ansicht nach zügellose Benehmen Royes beschwerte. Kein Wunder sei es, dass das Mädchen seine Kultur verleugnete. Es folgten energische Schritte, das Knallen einer Lade, einer Kastentür? Zahira und Ayasha sahen einander erschrocken an, denn nun mengte sich in Reems Stimme das aufgebrachte Schimpfen ihres Mannes. Erst das Weinen des Sohnes beendete die Schmähungen, die letztendlich gar nichts mehr mit dem Mädchen zu tun hatten, sondern sich gegen das kurdische Volk richteten, dem Roye angehörte. Als sich drüben im Zimmer das ängstliche Jammern des Buben gelegt hatte, war noch ein letzter Satz zu vernehmen, leise, doch deutlich. Einen Vater, einen Mann brauche das ungezogene Mädchen. So aber …

Roye war mit ihrem Bruder Goman gekommen. Er war der Einzige, der sich um sie sorgte, und selbst noch fast ein Kind. Die Jugendlichen unterschieden sich von den anderen. Arabisch hatten sie wahrscheinlich in der Schule gelernt, doch redeten sie miteinander, verfielen sie in ihre Muttersprache. Zahira erkannte den Dialekt als jene Form des Kurmandschi[6], die im äußersten Norden Syriens gesprochen wird. Der Umstand, dass die Geschwister viele türkische Lehnwörter verwendeten, bestärkte die Vermutung, dass Roye und Goman aus der Grenzregion zur Türkei stammten. Im Haus wurde gemunkelt, sie wären schon zu Hause jahrelang auf der Flucht gewesen wie viele ihresgleichen, die in einer der vier Regionen Kurdistans lebten. Alle wussten: Rechtlos, oft auch heimatlos waren viele Angehörige des kurdischen Volkes, lange bevor der Wahnsinn den Rest der Kriegs-

---

6 zur Gruppe der kurdischen Sprachen gehörend, wird unter anderem in der Grenzregion zwischen Syrien und der Türkei gesprochen

gebiete erreichte. Dennoch blieben die Vorbehalte gegenüber Goman und Roye bestehen. Und vermehrt kam es im Haus zu Diskussionen, wenn Roye das aufmüpfige Benehmen ihrer Mitschülerinnen nachahmte oder von deren lässiger Art erzählte, mit der Lehrerin umzugehen. Gestern hatte sie sich von den neuen Freundinnen schminken lassen. Roye wollte einfach dazu gehören, das war allen klar. Doch musste sie so weit gehen? Auch heute schimmerte die dunkle Haut ihrer Wangen unter der Maske eines viel zu hellen Make-ups, das ihrem jungen Gesicht einen traurig-blassen Ausdruck verlieh.

Zahira wusste, dass Roye in der Schule ihre Versuche, sich jedes deutsche Wort einzuprägen, sorgfältig verbarg, denn ihre neuen Freundinnen prahlten damit, Besseres zu tun zu haben als zu lernen. Sie ahnten nichts von Royes langen Nachtstunden, in denen sie über dem Vokabelheft saß, wieder und wieder die fremden Laute formend. Ayasha allein war imstande, sich ebenso endlos in die Welt der deutschen Wörter zu versenken wie das Mädchen. Oft war zu beobachten, wie die beiden ungleichen Frauen nebeneinander saßen, jede für sich in das Lernen vertieft. Ayasha hätte Royes Mutter sein können. Doch wenn sie lernte, hatte es den Anschein, als wäre sie ebenfalls ein Mädchen, das noch alles vor sich hat. In solchen Augenblicken kam unwillkürlich eine Anmut zum Vorschein, die überraschte. Auch wenn sich Ayashas Blick auf das Buch in den Händen richtete, war zu erkennen, dass das Braun ihrer Augen honigfarben schimmerte. Dieses Leuchten war es, das ihren Anblick anziehend machte, mehr noch als der mandelförmige Schwung der Augenlider. Dass ihre Nase etwas zu groß geraten war und der kleine Höcker in einer kindlich-frechen Spitze auslief, zauberte in Ayashas Antlitz jenen Hauch von Ungereimtheit, der sie in ihrer Eigenart interessant machte. Ayashas Mund schließlich war der Teil ihres Gesichtes, der letztendlich verriet, dass sie kein Mädchen mehr war. Auch wenn die Lippen weich das Gesicht vollendeten, fehlte ihnen der Zauber jugendlicher Unbeschwertheit.

Roye und Ayasha lieferten sich keinen Wettstreit im Lernen, dennoch waren beide den anderen im Haus weit voraus. Roye trieb der Ehrgeiz, Ayasha verliebte sich in den Klang der Worte. Roye sprach ohne Unterbrechung, Ayasha schwieg. Wie sehr auch Letztere im Lernen aufging, konnte man nur ahnen. Ihre sonst eher starre Miene war völlig entspannt, wenn sie sich mit der deutschen Sprache beschäftigte. Und sie liebte es, endlos in einem Kinderbuch zu blättern, das sie aus dem Übergangslager an der österreichischen Grenze mitgebracht hatte. Schließlich war das Erste, was man im Haus von Ayasha hörte, ein deutsches Wort. Und dann noch eines und noch eines. Plötzlich sprach sie, und für eine Stunde erklang ihre warme, dunkle Stimme. Kaum aber war der Unterricht zu Ende, verfiel sie wieder in dumpfes Schweigen. Nur mit ihren Kindern murmelte sie leise und manchmal gab sie zärtlich-gurrende Laute von sich.

Roye hingegen war stets zu hören – laut und ungestüm. Im Deutschunterricht hatte sie ein klares Ziel: Nie wieder würde sie in ihre Heimat zurückgehen! Wenn sie spät in der Nacht über dem Vokabelheft einschlief, träumte sie davon, endlich in Deutsch zu träumen. Sie war sich sicher, wenn ihr das gelänge, hinderte sie niemand und nichts mehr daran, für immer hier zu bleiben.

— - —

Als Christine das erste Mal das Haus betrat, blickten alle auf ihre roten Haare. Was diesen an Länge fehlte, um ihnen weibliche Anmut zu verleihen, glichen sie durch die Farbe aus. Während auf der rechten Seite das Haar bis auf die Schulter reichte, bedeckte es links gerade noch das Ohr. Über die Stirn verlief ein schräger Vorhang aus widerspenstigen Strähnchen, die einen Kontrast zum sonst glatten Haar bildeten. Erst später fielen Christines wasserblaue Augen auf, die lustigen Sommersprossen in ihrem Gesicht, die als blasse Tupfen Nase und Wangen sprenkelten. Die Haut darunter hatte etwas vom matten Schimmer des Mondes. Wahrscheinlich war es das Leuchtfeuer der Sonne in ihren Haaren, das ihr Gesicht fahl erscheinen ließ. Christine war mit der Deutschlehrerin gekommen. Diese stellte sie als Mitarbeiterin des Teams vor, das sich um die Neuankömmlinge im Haus kümmerte.

Alle waren von Beginn an froh gewesen, dass es hier Menschen gab, die ihnen die wichtigsten Wege zeigten, sie zum Supermarkt und Bahnhof führten, bei Arztbesuchen begleiteten und, am besten von allem, sich einfach Zeit nahmen, mit ihnen zu reden. Zudem gab es die Möglichkeit, Sport zu betreiben. Die Männer des Hauses wurden jeden Donnerstag zum „Kicken" abgeholt, denn da war die große Veranstaltungshalle für sie reserviert. „Kicken" war eines der lustigen Wörter der Einheimischen, die sie lernten, obwohl es sich nicht unter den Vokabeln ihres Deutschkurses befand. Als es später im Jahr wärmer wurde, stand an den Vormittagen zusätzlich der Freiplatz hinter der Kirche zur Verfügung. Es war die Tageszeit, in der die Einheimischen der Arbeit nachgingen. Herrlich, denn nun konnten sich die jungen Männer am Ball abreagieren, wenn ihnen die Stunden besonders lang wurden. Alles war recht, was gegen die Untätigkeit half. Vor wenigen Wochen hatten die Männer im Garten ein provisorisches Volleyballfeld errichtet. Kurzerhand war dazu ein Strick aus zusammengeknoteten Männerunterhosen über die Wiese gespannt worden. Die Frauen hatten zuerst unbändig gelacht und dann begeistert die Mannschaft angefeuert, in der ihre Männer und Söhne spielten. Schon beim zweiten Match hatten Zahira und Roye mitgemacht.

Nun war Christine gekommen. Sie sprach langsam und deutlich in deutscher Sprache. Einige Sätze wiederholte sie auf Englisch, als sie erklärte, sie wolle nun einmal in der Woche mit den Frauen einen kleinen Fußmarsch machen. Raus aus dem Haus sollten sie, etwas Bewegung in der frischen Luft schade nicht. Zahira beobachtete, wie Reem verstohlen zu ihrem Mann hinüberblickte. Der hatte von Beginn an die junge Frau mit den Feuerhaaren fasziniert beobachtet. Als sich nun bei Christines Ankündigung, allein mit den Frauen unterwegs sein zu wollen, sein Blick verschloss, machte sich Erleichterung in Reem breit. Für einen Augenblick hatte sie es bedauert, dass sie ihr schwarz-glänzendes Haar verbergen musste. Nun aber hob sich fast unmerklich ihr Kinn. Reem kontrollierte mit raschem Griff den korrekten Sitz des Tuches, das straff ihr strenges Gesicht umschloss. In dem entstandenen Schweigen ergriff Hakim die Hand seiner Frau. Während er Zahira anblickte, richtete er die Worte an die Männer und sprach arabisch, damit es für Christine unverständlich blieb: „Wir müssen zeigen, dass wir bereit sind uns anzupassen. Und es wird den Frauen gut tun, wenn wir sie gehen lassen." Er blickte in die Runde. „Sie müssen auf andere Gedanken kommen!"

Demonstrativ nahm er seinen kleinen Sohn, der zu Zahiras Füßen am Boden saß, in die Arme und ging in sein Zimmer. Wirklich – Christine schien zu erwarten, dass es nun gleich losginge. „Just now?", fragte Zahira.

Christine nickte. Es blieb keine Zeit, lange zu überlegen. Bisher hatten sie alle Angebote angenommen, die ihnen die Leute des Dorfes gemacht hatten, und waren dankbar gewesen. Jetzt allerdings ging es um mehr, denn die Väter würden nun regelmäßig die Kinder beaufsichtigen müssen. Was Hakim leicht fiel, war für einige der Familien völlig neu. Keiner der Männer sprach. Schließlich nahm einer nach dem anderen den Frauen die kleinen Kinder ab.

Reem zögerte. Ihr Mann hätte sich niemals dazu hergegeben, auf Kinder zu schauen, und sie selbst? Hätte sie ihm dies zugemutet? Seit jeher war sie stolz darauf gewesen, Mutter zu sein. Stolz war sie und das musste hier so bleiben. Doch weil ihr Sohn sich ohnehin schon allein beschäftigen konnte, siegte ihre Neugierde, und sie machte beim Spaziergang mit. Hakim wartete bereits vor dem Eingang im Garten, als es endlich losging. Sein kleiner Sohn saß im Kinderwagen, der allen Hausbewohnern gemeinsam zur Verfügung stand. Er streckte seine Händchen zur Mutter hoch. Zahira drehte sich rasch um und ging mit Christine voraus.

Hakim schob den Kinderwagen zum Fliederbusch. Er war froh, dass die Bienen, die die Blüten umschwirrten, wie erwartet, den Buben derart in den Bann zogen, dass er augenblicklich seine Mutter vergaß. Gleich oberhalb am Haus, in dem weit geöffneten Fenster, nahm Hakim eine Bewegung wahr. Er blickte hoch und sah Ayasha, die hinter dem Vorhang stand und den Frauen nachblickte. Auch er schaute nun noch einmal hinüber. Eben vermochte man noch die hellen Haare Christines unter den dunkleren Gestalten auszumachen. Die Köpfe der Frauen schienen munter über die Straße zu hüpfen. Dann endlich, als die Gruppe abbog und dem Weg zur Autobahnüberführung folgte, entschwand sie dem Blickfeld.

Europa

Der Tag, an dem Laith beim Zaun war, erschütterte die Welt des Jungen in ihren Grundfesten. Bei den unzähligen Veränderungen, die der Krieg mit sich brachte, hatte ihm zuallererst der Schmerz der Eltern zu schaffen gemacht. Ihre Angst war seine Angst, in den Tränen der Mutter begriff er, dass er Sidi nie wiedersehen würde. Wenn die Welt aus den Fugen geriet, spürte er es erst im Wanken des Vaters. Der war die Allmacht jeglichen Seins, und wenn er von seinem Christengott sprach, spürte Laith dessen Gegenwart in allem, was ihn umgab. Von Beginn an wohnte dieser in der liebevollen Stimme seines Vaters. Wir liegen in Gottes Hand ... Wie konnte er Vaters Worte anders deuten, als dass es gut gehen würde? Sie müssten einfach fest genug daran glauben. Auch Mutter hatte es gesagt, Mutter, die oft Vaters Meinung in Frage stellte, gerade, wenn es um Gott ging.

Der Junge zögerte, als er, vom Zaun zurückgekommen, vor dem Haus stand. Sein Herz hämmerte so stark, als wolle es ihn festnageln, seine Füße daran hindern, den entscheidenden Schritt zu tun. In dem Augenblick, in dem er den Raum betrat, wo der Rest seiner Familie auf ihn wartete, fürchtete er nichts mehr als den Blick seiner Mutter.

Drinnen brauchten seine Augen Zeit, sich an das Halbdunkel zu gewöhnen, lange genug, um zu erkennen, dass es keiner Worte bedurfte. Niemand sprach. Lana blickte, wie Laith, zur Mutter und beide sahen, wie ihr Gesicht zerbrach. Laith musste an die alten Frauen im Bergdorf seines Großvaters denken, als er ihren langgezogenen Schrei vernahm. Die Klagenden, die ihm unheimlich waren, weil sie dem Tod folgten wie willfährige Bedienstete, weil ihr Schmerz lauter und inbrünstiger war als der der betroffenen Familien. Obwohl der Aufschrei der Mutter etwas Unmenschliches an sich hatte, kehlig gurgelte wie der Laut eines Tieres, fürchteten sich die Kinder nicht. Durch die Tür, die noch immer offen stand, drang das Schwert des weißen Tageslichts. Mit der Klage der Mutter zerschnitt seine Schärfe das lähmende Schweigen, das auf ihnen gelastet hatte.

Am Nachmittag desselben Tages trafen neue Flüchtlinge im Haus am Zaun ein. Mit ihnen kehrte der fremde Junge zurück, jener, der damals mit dem Vater verschwunden war. Laith hatte sich, als dieser noch da war, mit ihm angefreundet und Ayasha wusste, dass er Tarek hieß. Mit schweren Schritten traten die Schlepper in den Raum. Es waren andere als jene, die Ayashas Familie hierher gebracht hatten. Aber der türkisch sprechende Mann, den Samir für ihre Flucht engagiert hatte, war unter ihnen. Er bellte seine Kommandos in die verängstigte Gruppe. Mit Befremden erinnerte sich Ayasha daran, dass Tarek den Mann kannte. Wenn die beiden miteinander sprachen, wechselte der Türke ins Arabische. Auf diese Weise erfuhr sie den Vornamen des Mannes. Er hieß Alkan. Tarek schien seine rechte Hand zu sein und dieser behandelte ihn mit väterlichem Wohlwollen. Zwei weitere Aufpasser waren mit den verschreckten Flüchtlingen gekommen. Ayasha erkannte ihren Dialekt. Es waren Männer aus Ostanatolien. Wenige Stunden vergingen und Laith legte sein anfängliches Misstrauen gegen Tarek erneut ab. Wie früher saßen die gleichaltrigen Buben wieder gerne zusammen hinter den Brennnesseln des Hauses. Ayasha wusste nichts vom fremden Jungen. Er sprach einen palästinensischen Dialekt. Ob er aus Jordanien war, aus dem Libanon, aus Israel? Wer wusste schon, wohin es in diesen Zeiten die Menschen der gesamten Levante[7] verschlug. Dass der Junge zu dem Türken Alkan zu

---

7   von levant (mittelfranzösisch), steht allegorisch für den „Osten", bezeichnet im weiteren Sinn die Länder am östlichen Mittelmeer

gehören schien, verwirrte sie. Doch sie konnte keinen klaren Gedanken fassen und war zudem zu müde, der Sache nachzugehen. Laith schien es gut zu tun, ihn an seiner Seite zu haben.

Die Tage vergingen und die kleine Gruppe verharrte still im Haus. Die Schlepper hatten sie gleich am Morgen nach ihrer Ankunft verlassen. Warten sollten sie, lautete Alkans Befehl und er hatte einen Karton mit Brot und Konservendosen auf den Boden gestellt, aber keine Getränke dagelassen. Betroffenheit und Angst waren in ihr Inneres gekrochen. Alkan hatte noch die Passwörter in Empfang genommen, die ihm, wie ausgemacht, die Auszahlung seiner Belohnung in der Wechselstube in Istanbul ermöglichten. Dann war er verschwunden. Allein Tarek blieb zurück. Die Leute begriffen nicht warum, aber irgendwie hielt seine Anwesenheit ihre Hoffnung aufrecht, dass es weitergehen würde.

Der Boden des Raumes war erneut mit Decken ausgelegt, auf denen die Menschen tagsüber hockten. In der Nacht wickelten sie sich in diese ein und die Familien schmiegten sich eng aneinander, um sich gegenseitig zu wärmen. Unter den hinzugekommenen Flüchtlingen stammte dieses Mal niemand aus Syrien. Sie setzten sich aus drei afghanischen Jugendlichen und einigen Familien aus dem Irak zusammen. Einer der Männer ließ sich mit seiner Frau neben Ayasha nieder. Während er sich liebevoll um den kleinen Sohn kümmerte, der zuvor unruhig in den Armen der Mutter gequengelt hatte, streiften seine Blicke Ayashas kauernde Gestalt. Diese verharrte regungslos. Da beugte sich der Mann zu Laith und Lana hinunter. Weil Lana sich augenblicklich hinter ihrer Mutter versteckte, sprach der Fremde zu Laith. „Hakim", sagte er und hob die Hand an seine Brust.

Dann: „Zahira".

Der Mann deutete auf seine Frau. Dies sollte der Beginn einer Freundschaft sein.

Hakim war es auch, der herausfand, dass hinter dem Hügel eine kleine Ortschaft lag. Wenige Minuten benötigte er, um in der frühen Dämmerung des zweiten Tages die ersten Häuser zu erreichen. Auf der Ortstafel konnte er im Halblicht den Namen Golyam Dervent entziffern. Das war kein türkischer Name! Die Schlepper hatten also die Abmachung erfüllt: Sie befanden sich hinter der türkisch-bulgarischen Grenze. Im Haus war die Aufregung groß, als er mit der guten Nachricht zurückkam. Was hätten sie jetzt darum gegeben, die Smartphones benützen zu können, um ihren Familien Bescheid zu geben. Sie hatten es nach Europa geschafft! Bei fast allen Geräten war der Akku leer und im Haus fand sich keine einzige Steckdose. Bloß Zahiras Handy ließ sich anfangs noch einschalten, zeigte jedoch kein Netz. Da beschloss Hakim am Tag darauf, erneut in den Ort zu gehen, in der Hoffnung, jemanden zu finden, der ihn telefonieren ließ.

Über Nacht hatte sich Tauwetter eingestellt. Auf dem kleinen Pfad am Rande des Feldes sanken Hakims Schuhe in das matschige Erdreich. Mit jedem Schritt musste er neuen Mut fassen, war es ihm doch, als wolle der tiefe Boden ihn davon abhalten, den gefährlichen Weg zu wagen. Die Ortschaft wirkte wie ausgestorben, die Gassen waren leer, die Türen der Häuser verschlossen. Nichts rührte sich im blinden Glas der Fenster. Hakim setzte sich verzagt an den Rand der Einfahrt zu einer Tankstelle und wartete.

Gegen Mittag kam ein alter Mann vorbei. Er ignorierte Hakim, ging gesenkten Hauptes zu der rostigen Zapfsäule und befüllte seinen mitgebrachten Benzinkanister. Als er in die angrenzende Werkstätte trat, um zu zahlen, erkannte Hakim, dass diese nicht leerstehen konnte. Er erhob sich und ging langsamen Schrittes zur Tür, die quietschend hinter dem Mann ins Schloss gefallen war. In dem Augenblick, da er eintreten wollte, öffnete sich das Tor und ein breitschultriger Bursche in öliger Arbeitsmontur trat ins Freie. Hakim reagierte schnell, vergaß allerdings alles, was er sich in der letzten Nacht für diesen Augenblick zurechtgelegt hatte: „F... F... Facebook? WhatsApp?", stotterte er. Seine Stimme klang überlaut und er erschrak.

Der Bursche rührte sich lange nicht. Endlich senkte er den Blick und schaute auf etwas seitlich hinter Hakims Rücken. Da stand Tarek. Hakim spürte, dass dieser seine Hand ergriff und den Mann von der Tankstelle unverwandt ansah. Da drehte dieser sich um und ging ins Haus. Tarek blickte wortlos zu Hakim hoch und ein kaum merkliches Lächeln huschte über seine Züge. Was Hakim nicht zu hoffen gewagt hatte, gelang. Zwei Minuten genügten, um mit dem Smartphone, das ihnen gebracht wurde, eine Nachricht abzusetzen. Die Familie in Mossul würde nun wissen, dass sie in Sicherheit waren. Erst auf dem Weg zurück zum Haus am Zaun wunderte sich Hakim über die Reaktion des Mannes an der Tankstelle. Konnte es sein, dass da Angst in seinen Augen gewesen war, als er Tarek erblickte? Doch die Erleichterung und die Freude über die gelungene Unternehmung verscheuchten die dunklen Gedanken.

In den nächsten Tagen wagte es keiner der Wartenden, das Haus zu verlassen. Vom Zaun hinter dem Hügel drangen Geräusche arbeitender Männer herüber. Einmal beobachteten Laith und Tarek Soldaten, die, im tiefen Schlamm stapfend, über das Feld gingen. Trotz der großen Entfernung waren sie in der Lage, die Kunststoffüberschuhe an den Füßen zu erkennen, die die Männer wegen des tiefen Schlamms trugen.

Hakim musste alle seine Überredungskünste einsetzen, um zu verhindern, dass die jungen Männer aus Afghanistan ihre Deckung verließen. Sie waren kaum aufzuhalten, denn unbedingt wollten sie wissen, was dort drüben vor sich ging. Dass die Verständigung mit ihnen äußerst mühsam war, lag auch an den Sprachbarrieren. Die Afghanen kümmerten sich in ihrer aufgebrachten Gemütsverfassung nicht darum, dass Hakim kein Farsi[8] verstand. Wenn dieser es mit Englisch versuchte, stoppte er nur kurz den Redeschwall der Männer. Bei den heftigen Streitgesprächen, die sich im Haus entfachten, wurde das erste Mal klar, dass sie eine Schicksalsgemeinschaft waren. Wenn einer von ihnen aufflog, zog er die anderen mit, soviel war sicher.

Bei den Diskussionen achtete niemand auf Laith und Tarek. Als ihr Verschwinden bemerkt wurde, war die Aufregung groß. Zahira musste sich um die weinende Lana kümmern, denn Ayasha verharrte in ihrer Reglosigkeit. Sie löste das an seiner Mutter klammernde Mädchen von der starren Frau und zog es zu sich auf die Decke. Mit einer Hand drückte sie seinen Kopf an die Brust. In der anderen hielt sie ihren Sohn, den sie nicht an Hakim abgab, um ein zweites jammerndes Kind zu vermeiden. Der Kleine schaute mit großen dunklen Augen auf die zuckenden Schultern des weinenden Mädchens und hielt still, bis Lana sich beruhigt hatte. Ayasha blickte zu ihnen herüber. Ihre Augen waren leer, die Gestalt schien leblos und erstarrt.

---

8 amtlicher Terminus für die persische Sprache in Afghanistan

Scheherazade[9]

Jedes Mal, wenn Christine mit den Frauen von den Spaziergängen zurückkam, saß die muntere Gruppe um den Küchentisch und es gab süßen schwarzen Tee. Das anfängliche Misstrauen der Männer war bald verflogen, weil die Ausflüge den Frauen offensichtlich gut taten. Ihr Lachen zauberte einen Hauch von Unbeschwertheit in die Räume des Hauses, eine fast vergessene Leichtigkeit. Wenn die Frauen stolz von den neuen Wörtern erzählten, die sie gelernt hatten, kicherten sie wie kleine Schulmädchen, die ihrem Lehrer etwas voraushaben. Dann schwirrten „Flieder", „Wiese", „Bach", „Teich", „Wald" und, besonders schwierig auszusprechen, „Schmetterling" durch die Luft, dass es eine Freude war. In solchen Augenblicken genügten wenige Minuten und selbst Ayasha, die noch immer nicht das Haus verließ, setzte sich zu der fröhlichen Gruppe. Obwohl sie sich nach wie vor still verhielt, konnte man sehen, dass sie aufmerksam zuhörte und die Augen unverwandt auf Christine gerichtet hielt. Sogar die sonst so strenge Reem, die sich zu Beginn nach dem Spaziergang gleich zurückgezogen hatte, dehnte ihre freie Zeit mehr und mehr aus. Zahira und Christine steckten am längsten die Köpfe zusammen.

So auch heute. Dass selbst Ayasha es aufschob, ins Zimmer zurückzukehren, war ungewöhnlich. Sie stand am Fenster und blickte hinaus ins schwächer werdende Licht der aufkommenden Dämmerung. Deutlich spürte sie Zahiras Blick im Rücken. Er war wie ein unausgesprochener Wunsch, Ayasha möge endlich am Gespräch teilnehmen.

---

9 Hauptfigur aus der Rahmenhandlung der orientalischen Geschichtensammlung „Tausendundeine Nacht"

Für unbeschwertes Plaudern aber blieb sie nach wie vor unerreichbar. Im selben Maß, wie sich das Schwarz der nahenden Nacht über den Garten legte, verfinsterte sich ihre Stimmung. Was redeten die beiden? Was gab es schon zu erzählen, jetzt, da alles bedeutungslos geworden war? Jedoch die Worte! Ayasha lauschte. Es waren die Worte, die sie magisch anzogen, denn Zahira und Christine streuten zur Übung vermehrt deutsche Begriffe ins Gespräch ein. In den englischen Sätzen stachen die gelernten Vokabeln wie Signaltöne hervor und zwangen Ayasha, schließlich doch zuzuhören.

Sie beobachtete, wie langsam Christine sprach. Pausen lagen zwischen den Sätzen. Solcherart von Stille eingerahmt, bekamen ihre Worte Gewicht. Obwohl Ayasha wenig verstand, genoss sie den Singsang Christines heller Stimme, die so gut zu ihren blassblauen Augen passte. Wie Wassertropfen perlten die Worte in ihre Ohren. Ayasha spürte die herbe Kühle der deutschen Sprache. Darin lag eine hypnotische Wirkung, der sich selbst Lana nicht zu entziehen vermochte. Ayasha wunderte sich, denn wenn Christine sprach, kam es vor, dass ihre Tochter den Oberkörper sanft hin und her wiegte, bis sie müder und müder wurde. In den Nächten lag Lana mit weit offenem Blick in ihrem Bett. Sie war wie ein Fisch, der nie die Augen schließt. Doch wenn das Mädchen Christines Stimme vernahm, sanken ihm die Lider müde herunter, wurden die Augen zu kleinen Schlitzen, bis es nur noch die Sanftheit dieser Stimme gab. Sie löschte alles aus, die Bilder, die Lana nie aus den Augen verlieren durfte, damit sie klein blieben, nicht näher kamen. Mutter und Tochter lebten mit diesen Bildern, Tag und Nacht.

Ayasha war sich sicher, dass es Lana gleich erging. Umso größer war ihr Erstaunen darüber, dass Christines Stimme in wenigen Augenblicken mehr erreichte als sie, ihre Mutter, in den langen, dunklen Stunden der Nacht, in denen sie begonnen hatte, von Sidi zu erzählen.

Sie wusste selbst nicht, wann es das erste Mal geschehen war. In ihrer Erinnerung fehlte der Auslöser, der dazu geführt hatte, dass ihr eine von Großvaters Geschichten über die Lippen gekommen war. Was sie sehr deutlich verstand, war das Warum. Ihrer Tochter zuliebe wurde Ayasha jede Nacht zu Scheherazade, die erzählt und erzählt, um dem Tod zu entkommen. Für beide war es die einzige Möglichkeit, die Zeit bis zum Morgen zu überstehen – für das Mädchen mit den offenen Fischaugen und für die Frau, die nicht mehr jede Nacht sterben wollte. Wenn draußen der Morgen anbrach, wussten sie, dass ihnen noch ein Tag geschenkt sein würde, dass es eine Fortsetzung gab – in den Märchen ihrer Heimat und im Leben in der Fremde. Tausendundeine Nacht waren eine lange Zeit. Vielleicht reichte diese, um zu vergessen. Schon Großvater hatte gewusst, dass Erzählen Leben bedeutet und Schweigen dem Tod gleicht.

Selbst wenn Ayasha in ihren Versuchen, der Tochter den Schlaf zu schenken, scheiterte, war sie sich sicher, dass die Bilder, die die Geschichten hervorzauberten, die anderen vertrieben. Begann Lana zu fragen, war es wie früher, und sie veränderte mit ihren kindlichen Wünschen den Verlauf der Handlung. Dann saß Ayasha mit Großvater auf der Bank oberhalb des Dorfes, wie jeden Sommerabend. Dann waren sie nicht länger im Zimmer des Hauses in der Fremde. Dann fabulierten sie nach Herzenslust und ließen sich vom fliegenden Teppich ihrer Fantasie davontragen.

Oft geschah es, dass die ersten Vögel mit ihrem Gesang bereits den Morgen begrüßten, wenn sie endlich schwiegen. Laith schlief immer schon lange. Und Tarek? Wenn Ayasha zum Bett des Jungen hinübersah, lag Tarek stets bewegungslos, den Kopf zur Decke gerichtet. Ob er schlief, blieb ihr verborgen. Sein Atem ging so leise, als wäre er gar nicht im Raum. In diesen friedlichen Morgenstunden war Ayashas Seele frei und sie wagte sich kurz aus ihrem Kokon heraus, versuchte hinüberzufühlen, dorthin, wo der Junge lag. Tarek, von dem sie nichts wusste. Tarek, der Sohn, der in ihr Leben getreten war, als das Schicksal sie von Samir getrennt hatte.

,Etwas Dunkles liegt über dem Jungen', dachte sie, ,was er auch tut, etwas Dunkles.' Sie wusste, dass Laith sich gut mit Tarek verstand. Immer steckten die beiden zusammen. Wollte Ayasha wissen, was in den Köpfen der Jungen vorging, war nichts aus ihnen herauszubekommen. Laith schmunzelte zwar, wenn er Ayashas fragende Augen sah, doch behielt er alles, was seinen Freund betraf, für sich. Und Tarek? Sobald sich ihre Augen trafen, duckte sich der Junge unmerklich weg, wie ein Hund, der einen Schlag erwartet. Empfand sie dabei Mitleid oder Furcht? Ayasha beklagte ihren Argwohn. Wieder blickte sie hinüber zum Bett der Jungen. Sie war sich sicher, dass Tarek den Erzählungen zuhörte. Jedes Wort vernahm er, jedes einzelne Wort. Selbst dieser Gedanke verursachte ihr Unbehagen. Sollte sie nicht gerührt sein? Alles, was der Junge tat, zeigte ihr, wie sehr er bereits an ihr hing. Was wohl in ihm vorging? Warum zweifelte sie? Ayasha und die Kinder waren doch seine neue Familie!

Als sie die Augen schloss, fiel ihr eine Fortsetzung für die eben erzählte Geschichte ein. Morgen würde es weitergehen. Es musste weitergehen. Auch Tarek wartete, dessen war sie sich sicher. Er war der Großwesir ihrer Nächte. Solange ihr die Geschichten nicht ausgingen … Vielleicht war es Tarek, der sie zum Erzählen gebracht hatte. Sie nahm sich vor, ihn am nächsten Tag nach seiner Mutter zu fragen.

— - —

Zahira saß aufrecht auf Ayashas Bett. Wie jeden Abend, wenn nach dem Tag Ruhe eingekehrt war, hatte sie bei Laith, Tarek und Lana nach dem Rechten gesehen. Obwohl es Ayasha jetzt besser ging, und die

Kinder seltener sich selbst überlassen waren, behielt sie die Gewohnheit bei, vor dem Schlafengehen die vaterlosen Kinder zu besuchen. Erleichtert stellte sie fest, dass sich in den letzten Wochen etwas verändert hatte. Jedes Mal, wenn Zahira das Zimmer betrat, saßen die Kinder auf Mutters Bett und lauschten. Ayasha erzählte. Es glich einem Wunder. Die schweigsame Ayasha! Die Worte kamen ihr so leicht über die Lippen, als hätte sie nie geschwiegen. Sie sprach einen schwach hörbaren Dialekt. Wahrscheinlich war sie Städterin, vermutete Zahira. Ob sie aus Damaskus stammte? Woher nahm sie diese Geschichten? Zahira bezweifelte, dass diese aus den Gassen einer Großstadt stammten. Vielmehr klangen sie nach uralter, arabischer Erzähltradition, nach dem Erfindungsreichtum, wie er vor langer Zeit in den mündlich überlieferten Märchen überall im Orient zu finden gewesen war. Heute beherrschten nur noch die alten Leute der abgeschiedenen Wüsten- und Bergregionen die Kunst des Fabulierens.

Als Zahira an diesem Abend das Zimmer der Familie betrat, begann Ayasha gerade mit einer Geschichte. Sie stellte fest, dass an die Stelle von Pflichterfüllung und Sorge um die Kinder Vergnügen und Freude getreten waren. In den Bildern, die Ayasha in die Dunkelheit des Raumes zauberte, entfalteten sich die Gerüche des Bazars, plätscherte das Wasser von artesischen Brunnen und tanzte der warme Frühlingswind über die roten Mohnfelder der Flusstäler.

»Heute werdet ihr hören, was Scheherazade dem Großwesir vom Falken erzählte«, begann Ayasha. Sie hielt inne und blickte hinüber zu Tarek, der als einziges der Kinder drüben auf dem anderen Bett saß.

„Ein persischer König, welcher ein großer Jagdliebhaber war, hatte einen Falken, der ihm derart teuer war, dass er ihn bei Tag und Nacht in seiner Nähe hielt und sogar auf der Hand herumtrug. So oft er auf die Jagd ging, nahm er ihn mit sich und gab ihm aus einer goldenen Schale zu trinken, die er ihm um den Hals hängte.

Eines Tages trat der Oberjägermeister ein und meldete ihm, es sei alles zur Jagd bereit. Der König machte sich auf, nahm den Falken in die Hand und zog mit seinen Leuten in ein Tal, wo die Jäger einen Kreis bildeten. Da zeigte sich eine Gazelle innerhalb des Kreises und der König sagte: „Ich töte denjenigen, an dessen Seite die Gazelle entwischt." Der Kreis zog sich hierauf enger zusammen und siehe da, die Gazelle trat auf den König zu, stellte sich auf die Hinterfüße und legte die Brust auf die Vorderfüße, als wollte sie vor dem König die Erde küssen. Dann freilich machte sie einen Sprung über seinen Kopf hinweg und befand sich im Freien. Da schwur der König bei seinem Haupte, er werde sie verfolgen, bis er sie fange. Alsbald setzte er ihr mit dem Falken nach, der ihr, als er ihrer habhaft wurde, die Augen auspickte …"

Lana machte eine Bewegung, als wollte sie etwas sagen. Doch Ayasha fuhr mit harter Stimme fort: „Nachdem der Falke die Gazelle geblendet hatte, nahm der König eine Keule, schlug sie zu Boden, zog ihr das Fell ab und befestigte es an seinem Sattelknopf."

Ayasha blickte hinüber zum Fenster und tonlos, so als spräche sie zu sich selbst, fuhr sie fort: „Heute werden wir nicht auf dem Teppich unserer Fantasie fliegen. Heute hören wir Großvater zu, Großvaters Großvater, dessen Großvater und dem Großvater davor."

Nach einem Moment der Besinnung fand Ayasha den Anschluss wieder und erzählte weiter: „Es geschah an einem heißen Tage in einer wasserlosen Wüste, dass der König und sein Ross an Durst litten. Da erblickte er einen Baum, an welchem eine fette Flüssigkeit wie Wasser herablief. Er sammelte diese in einem Schlauch und füllte damit die Schale, die der Falke am Hals trug. Aber der Vogel stieß mit dem Schnabel daran und stürzte sie um. Der König füllte die Schale zum zweiten Mal und stellte sie vor den Falken, weil er glaubte, er sei durstig und habe trinken wollen. Erneut stieß dieser mit dem Schnabel daran und kippte sie um. Der König war aufgebracht, füllte die Schale zum dritten Mal und reichte sie dem Pferd, doch der Falke stieß sie erneut um. Da sprach der König: Gott beschäme dich, du verdammter Vogel, du hast mich, dich selbst und das Pferd vom Trinken abgehalten. Dann hieb er ihm mit dem Schwerte die Flügel ab. Der Falke hob seinen Kopf in die Höhe und deutete zum Baum, unter welchem der König saß. Dieser blickte hinauf und sah eine Schlange. Er überzeugte sich davon, dass die Flüssigkeit das von ihr ausströmende Gift war."

Ayasha hielt inne und blickte zu Tarek, der aufgestanden war. Für einen kurzen Moment trafen sich ihre Blicke. Der Junge blieb bewegungslos stehen und schaute zu Boden. Da fuhr Ayasha fort: „Jetzt bereute der König es, dem Falken die Flügel abgeschlagen zu haben, und er setzte sich auf den Thron, mit dem Falken auf der Hand. Dieser aber fiel alsbald, einen schmerzlichen Ton von sich gebend, tot zur Erde. Der König ergoss sich in Klagen darüber, dass er den Falken getötet hatte, der ihm das Leben gerettet hatte."

Stille ... Zahira sah, dass Lana der Mutter direkt in die Augen blickte. Ayasha hingegen schaute hinüber zur offenen Tür und murmelte: „Hat es dem Großwesir nicht gefallen?"

Verwundert stellte Zahira fest, dass Tarek den Raum verlassen hatte.

Der Junge stand draußen hinter der Tür. Er verhielt sich still. ‚Alles hätte ich getan, Vater, alles!‘ dachte er.

Ayasha

Wir sind zurückgekehrt zum Leben unserer Vorfahren. Es waren Geschichten von Heimatlosigkeit und Entbehrungen, wenn Großvater von seinem Vater erzählte. Unsere Ahnen gehörten einem Volk an, dem die Natur die Wurzellosigkeit eines nomadischen Daseins aufzwang. Als Kind beneidete ich unsere Väter um ihre Freiheit. Ich romantisierte die ewige Suche nach einem Flecken Erde, der für die nächsten Wochen genug zum Leben abwarf, zu einer verheißungsvollen Reise. Immer neu – morgen, hinter dem Horizont wartete schon das nächste Abenteuer.

Meine Phantasie malte den dramatischen Hintergrund für Großvaters Erzählungen, die er jedes Mal mit den Worten „beim Barte des Propheten" abschloss. Für uns Kinder stand damit fest, dass die Geschichte geendet hatte und jedes einzelne Wort der Wahrheit entsprach. Es war die unendliche Weite, die den Erzählungen Kraft gab, die Wüste mit den fehlenden Farben und der Leere, die Platz schuf für alles, was man sich vorstellen wollte. Im Konzertsaal der leisen Worte wurde uns Kindern die Zunge unseres Großvaters zur Übersetzerin seines Herzens.

„Das Leben besteht aus zwei Teilen. Die Vergangenheit ist ein Traum, die Zukunft ein Wunsch", sagte Großvater oft zu uns Kindern. Obschon ich damals zu unreif war, seine Worte in ihrer Tragweite zu erfassen, blieben sie in meinem Gedächtnis bis hier und heute, da Träumen und Wünschen das Einzige sind, was uns geblieben ist, was uns niemand nehmen kann. Mit ihnen füllen wir die Gegenwart, wie es die Menschen in der Wüste tun, wenn sie in der Kälte der Nacht um das Feuer sitzen. Obwohl ich das Leben der Nomaden nur aus

Großvaters Geschichten kenne, ist es ein Teil von mir. Wie die Gene meiner Vorfahren bestimmt es mein Denken.

Ich spüre einen Tropfen auf meiner Stirn. Noch einen. Der einsetzende Regen holt mich aus meinen Gedanken zurück in die Gegenwart. Stimmt, ich war gerade dabei, nach den Pflänzchen in unserem Gemüsebeet zu sehen. Ich höre den Nachbarn schimpfen: „Jetzt geht das schon wieder los!"

Kaum stürzen die ersten schweren Tropfen nieder, laufen alle in die Häuser. Ich dagegen stehe mit weit ausgebreiteten Armen im Regen und empfinde unbändige Freude über die Tränen Gottes. Erkennen die Leute hier nicht, dass sie das Land segnen, kalt und frisch wie der Bach hinter Großvaters Haus? Jetzt fröstle ich und sehe ein, dass es besser ist, sich in Sicherheit zu bringen. Nun geht es richtig los. Von der Küche aus beobachte ich, wie draußen das erste Gewitter des Frühsommers übers Land zieht.

Christine und Zahira sind von ihrem Stadtausflug zurückgekehrt. Ich höre sie schon im Vorraum aufgeregt reden. Offensichtlich waren sie in einem Café, denn Zahira erklärt gerade die Kultur und Tradition des Kaffeetrinkens im Orient. Dass öffentliche Kaffeehäuser in der Heimat Männern vorbehalten sind, sagt sie, während sie mit Christine in die Küche kommt. Frauen seien darin unerwünscht. Christine weiß es schon, aber sie lacht erstaunt, als sie vom Hakawati hört, dem Geschichtenerzähler, der die Männer in den Kaffeehäusern unterhält, während diese gemütlich ihre Wasserpfeifen rauchen. Vor meinen Augen entsteht ein Bild vom berühmten Kaffeehaus von Damaskus, vom An-Naufara, direkt an der Omayyaden-Moschee. Früher kannten es auch die zahlreichen Touristen von ihren Reiseführern. Viele von ihnen verschafften sich dort einen Eindruck von orientalischer Gemütlichkeit. Ich sage stolz, als wäre es mein Verdienst: „In Damaskus wurde das erste Kaffeehaus der Welt eröffnet."

Sogleich ärgere ich mich über meine aufkommende Sehnsucht und füge kleinlaut hinzu: „Im Jahr 1530 war es."

Dass ich das noch weiß? Zahira schmunzelt und wiederholt meine Worte für Christine in englischer Sprache. Dann versucht sie es mit einem Sprichwort, das man sowohl in Syrien als auch im Irak kennt. Es ist mühevolle Arbeit. Zahira beginnt: „Kaffee – must be so hot, like girlkiss – Kuss erster Tag, on the first day."

Christine hilft: „Der Kuss am ersten Tag."

„Am ersten Tag. Süß, wie die Nächte in – his arms. And black – schwarz …"

Jetzt weiß Zahira nicht mehr weiter und fragt mich nach dem englischen Wort für Fluch. „Curse", sage ich.

Zahira nickt: „And schwarz like the curses oft her mother."

„Schwarz wie die Flüche der Mutter?", übersetzt Christine und Verwunderung schwingt in ihrer Stimme.

Zahira schnauft zustimmend und endet mit den Worten: „When she ist told."

Jetzt hat Christine verstanden. Sie lacht und wiederholt das Sprichwort langsam und deutlich in deutscher Sprache: „Kaffee muss heiß sein wie der Kuss des Mädchens am ersten Tag und schwarz wie die Flüche der Mutter, wenn sie davon erfährt."

Wir schauen uns an und brechen in derart lautes Gelächter aus, dass Reem aus ihrem Zimmer kommt. Christine meint: „Ich könnte schon noch einen Kaffee vertragen!"

Sie blickt mir in die Augen. Ich gehe hinüber zum Herd und kehre wenig später mit kleinen, dampfenden Tassen zurück. Wir schnüffeln wie Süchtige an dem Aroma, das von dem schwarzen Getränk aufsteigt, ehe wir zuckern. Natürlich habe ich es mit Kardamom verfeinert – herrlich! Christine kichert, als wir ihr zeigen, wie arabischer Kaffee sein muss: süß, sehr süß und natürlich, sie weiß es ja schon, schwarz. Christine schüttelt sich so übertrieben, dass ihr die roten Haare noch widerspenstiger vom Kopf stehen als sonst. Während ich vier Löffel Zucker einrühre und über einen fünften nachdenke, tut Christine vornehm und begnügt sich mit einem. Milch bekommt sie bei uns im Haus nicht. Wieder lachen wir, weil Christine den Kaffee schwarz trinken muss. Nun erklärt Reem Christine: „A visit, even if it does not take long, only counts if you have a coffee together."

Diese nickt, und Reems Miene bekommt etwas Weiches. Eine schwarze Locke schaut vorwitzig unter dem schönen Tuch hervor und bewirkt, dass Reem weniger streng wirkt als sonst. Zuletzt hängen alle ihren Gedanken nach. Wir sitzen schweigend auf dem Sofa und blicken hinaus in den Garten. Draußen hat sich das Gewitter ausgetobt und der Boden dampft unter den zurückgekehrten Sonnenstrahlen.

Zahiras Worte unterbrechen die Stille: „Von November bis April waren die Berge weiß. Wir konnten sie von der Küste aus sehen. Einmal fuhren wir hinauf in das Bergdorf südlich des Qurnat as-Sauda[10]. Dort, zwischen den Eichen, auf einer alle anderen Bäume überragenden Zeder, saß ein Falke. Er war einer von jenen, die auch im Taurus vorkommen, zu Hause im Irak, die unangefochtenen Herrscher der Lüfte mit ihren unvergleichlichen Jagdkünsten."

Ob es meine Scheherazade-Geschichte von gestern ist, die Zahira jetzt damit anfangen lässt? Qurnat as-Sauda liegt im Libanon. Ich weiß, dass Zahira und Hakim ein Jahr in einem Flüchtlingslager in Jbeil[11] zubrachten. Als wir einmal gemeinsam im Fernseher eine Dokumentation über die Zustände im Land jenseits der Grenzen Syriens verfolgten, berichtete sie kurz davon. Warum sie geflohen waren, was den Ausschlag gab, dass Zahira und Hakim Mossul verließen, blieb ausge-

---

10   höchster Berg des Staates Libanon, 3088 m, liegt im Libanon-Gebirge
11   auch Byblos, Hafenstadt an der Mittelmeerküste nördlich von Beirut

klammert, allein dass es im Jänner 2013 war. In den seltenen Augenblicken, in denen Zahira über Hakims Heimatstadt sprach, beschrieb sie ein Mossul vor der Katastrophe. Lange, unglaublich lange lag die Zeit zurück, von der sie erzählte. Kein Wort von Gotteskriegern und geknechteten Frauen – nichts davon kam in ihren Erzählungen vor und auch der Islamische Staat fehlte. Zahira blendete das Unheil aus, welches das Bild, das sie von ihrer Heimatstadt hatte, zerstören hätte können. Wenn sie von Mossul sprach, veränderte sich ihre Stimme. Die Melodie ihrer Worte begann eine eigene Geschichte zu erzählen, bei der man fast vergaß, auf das zu hören, was sie sagte.

Im Haus gibt es die unausgesprochene Vereinbarung, über den Verlust der Heimat Stillschweigen zu wahren. Niemand rührt an den traumatischen Erlebnissen. Schmerz und Angst – wer will sich erinnern? Besser ist es, alles unter Verschluss zu halten. Schweigen – vielleicht schließt es die Wunden. Über die Flucht hingegen wird gesprochen, denn sie ist etwas, was uns verbindet. Es ist also in Ordnung, wenn Zahira vom Libanon erzählt. Was im Flüchtlingslager geschah, ist Ewigkeiten von dem Augenblick entfernt, der … In mir wird es dunkel. Zahiras Worte unterbrechen meine schwarzen Gedanken. Erleichtert wende ich mich den Frauen zu, die bereits aufmerksam zuhören.

Betrogen

Noch immer drangen die Geräusche schweren Geräts vom Grenzzaun herüber. Vorerst blieb nichts anderes übrig als zu warten. Laith und Tarek? Erst wenn es dunkel würde, wollten die Männer nach ihnen suchen. Die Dämmerung stand als graue Felswand im Viereck der Dachluke, gemeißelt und hart. Als die Maschinen verstummten, schloss sich die Stille zu einem granitenen Sarkophag.

Plötzlich stürzte Tarek bei der Tür herein. Atemlos blieb er in der Mitte des Raumes stehen. Wo Laith wäre, herrschte Hakim ihn an, doch bereits im nächsten Augenblick erschien auch dieser in der Tür. Seine erdverschmierte Hose verriet, wo sie gewesen waren. Alle blickten auf den nackten linken Fuß des Jungen. Einer seiner Turnschuhe war drüben im Schlamm steckengeblieben. Laith schnaufte, wie Tarek nach Atem ringend: „Am Zaun …"

Er schnappte nach Luft. Wieder herrschte Stille, in der alle angestrengt in die Richtung lauschten, aus der die Jungen gekommen waren. Erst nach Minuten, in denen sich draußen nichts rührte, trat Entspannung ein und Laith erzählte, was sie beobachtet hatten:

Bewacht von Soldaten, errichteten Arbeiter an der Grenze zwei parallel verlaufende, fast drei Meter hohe Barrieren aus massivem, engmaschigem Zaun. Den schmalen Streifen dazwischen sicherten sie mit sechs Rollen Draht, erzählte Laith und seine Hände formten einen zitternden Bogen, der die gedrehten, rasiermesserscharfen Klingen nachfuhr. Mit Sicherheit schnitten diese tiefe Wunden. Zahira und Hakim sahen sich an. Von nun an gab es hier kein Durchkommen mehr, soviel stand fest. Vielleicht waren sie die Letzten, die an dieser Stelle den Weg nach Europa geschafft hatten! Zahira vermied es, Ayasha in die Augen zu sehen. Laith und Lana – der Vater! Wenn er sich auf der andern Seite befand, wenn er überhaupt noch am Leben war, jetzt gab es keine Möglichkeit mehr, den Zaun zu überwinden.

Als am nächsten Morgen die Maschinen ihre Arbeit wieder aufnahmen, fiel das Warten besonders schwer. Groß war die Erleichterung, als am Nachmittag endlich ein Lastwagen vorfuhr, dem Alkan entstieg. Der Türke hatte seine Stadtschuhe mit Kunststoffüberzügen geschützt. Es waren solche, wie sie die bulgarischen Grenzsoldaten am Zaun trugen. Das fiel Tarek sofort auf und er runzelte unmerklich die Stirn.

Alkan reagierte ungehalten, als er erfuhr, dass die Jungen beim Zaun gewesen waren. Er berichtete, die Grenze zwischen Bulgarien und der Türkei wäre schon über eine Strecke von mehr als dreißig Kilometern abgeriegelt. „Mit den Soldaten ist nicht zu spaßen", polterte seine Stimme. „Wer sich von ihnen erwischen lässt, wird aufgesammelt und gewaltsam wieder zurück in die Türkei gebracht."

Solche Push-Backs gäbe es in letzter Zeit jeden Tag. Sie sollten sich nur nicht in Sicherheit wiegen. Alkan würdigte Tarek keines Blickes. Er kramte in seiner mitgebrachten Sporttasche und holte eine Zeitung heraus. Diese schwenkte er wie ein drohendes Fallbeil vor Laiths Augen. Natürlich war es Einschüchterung, denn keiner konnte das bulgarische Blatt lesen. Das brauchte es nicht, denn die Vorstellung davon, was geschehen könnte, war schlimm genug, vielleicht schlimmer als das, was sich in der Realität abspielte. Alkan steigerte den Druck, indem er unbarmherzig fortfuhr: „Schläge, Tritte! Was die Ungläubigen mit den Frauen machen, erpare ich euch."

Von lüsternen und schamlosen Männern sprach er. „Wer aufgegriffen wird, den schieben sie ab. Asyl könnt ihr vergessen!"

Die Kälte seiner Stimme steigerte die Angst. „Selbst wenn ihr in Europa bleibt, geht es nach Sofia, ins Hauptquartier der bulgarischen

Grenzpolizei! Wollt ihr hier registriert werden? Wollt ihr in Bulgarien bleiben?"

Alkan sah Hakim direkt in die Augen. „Wenn sie deinen Fingerabdruck einmal haben, sind sie für dich zuständig und du kannst Deutschland vergessen!"

Jetzt schwieg er. In der Stille wirkten seine Worte nach und erfüllten ihren Zweck: Sie brachen jeden Widerstand.

Tarek schlug das Herz bis zum Hals. Nur zu gut kannte er Alkan. Alles, was dieser unternahm, tat er aus Berechnung. Und was jetzt folgte, hätte Tarek voraussagen können; oft genug Male hatte er es erlebt. Die Angst im Haus war greifbar. Alkans Geschäft würde gut verlaufen. Hakim fragte in die Stille, wie es jetzt mit dem versprochenen Transport nach Deutschland weitergehe. Dass sie hier ehestmöglich weg mussten, war klar. „Noch heute Nacht", erwiderte Alkan und, wie Tarek es erwartet hatte: „Auf die Schnelle ist da allerdings nichts Günstiges aufzutreiben."

Alkan zuckte die Schultern und wartete, ehe er fortfuhr: „Wenn der Preis stimmt, bringe ich euch persönlich bis über die slowenische Grenze. Von dort ist der Weg frei. Hunderte, Tausende sind jeden Tag unterwegs."

Nun fing Alkan an, vom Gastrecht zu reden. Das Gebot der Wüste gelte ebenso in Deutschland, im Land ihrer Sehnsucht. Sie müssten es bloß bis dorthin schaffen. Tarek fürchtete sich davor, Hakim in die Augen zu schauen, an Ayasha vermochte er nicht einmal zu denken. Fast körperlich spürte er, wie Hakim gegen seine aufkommende Wut ankämpfte. Erleichtert stellte er fest, dass Ayasha regungslos auf ihrer Decke saß und ihr deshalb der Hohn, der sich in Alkans Miene breitmachte, verborgen blieb. Sie schien nicht einmal das fromme Sprichwort zu beachten, das Alkan nun nachsetzte: „Jedes Haus, das Gäste nicht beherbergt, wird von den Engeln gemieden!"

Ohne Alkan aus den Augen zu verlieren, stand Tarek auf, denn er hatte beobachtet, dass Hakims Hände sich zu Fäusten ballten. Als wäre dies ein Zeichen für die anderen Männer, entlud sich die Spannung im selben Moment. Hakim hatte seine Funktion als Sprecher der Gruppe verloren. Gerade die des Arabischen nicht mächtigen Afghanen gaben nun endgültig ihre Zurückhaltung auf. Aufgebracht gingen sie auf Alkan los. Mitten im Tumult legte Zahira die Hand auf die Schulter ihres Mannes. Dieser wandte sich um und blickte auf den dunklen Haarschopf seines kleinen Sohnes.

Tarek schwindelte. Er sank neben Ayasha auf die Decke. Verzweifelt suchte er ihren Blick. Als sie sich nicht rührte, sprang er auf und stürzte ins Freie. Alle blickten für einen kurzen Moment hinüber zur offenen Tür. Diese Zeitspanne reichte Alkan, um die Situation wieder in den Griff zu bekommen. In der erneut eingekehrten Ruhe vernahm man im Haus, dass sich Tarek draußen hinter den Brennnesseln übergab.

Alkan tat so, als habe er es überhört. Er ließ sich nicht beirren, denn die Zeit war gekommen, mit dem Feilschen zu beginnen. Nichts konnte ihn jetzt noch aufhalten. Fast schien es, als glaube er auf einem Basar zu sein, als gälte es, am Ende eines gelungenen Geschäfts stolz und zufrieden nach Hause zu gehen. Die Freude am Wettstreit lag ihm im Blut und er liebte es, sich in Schauspiel und Rhetorik zu messen. Im Feilschen gemeinsam Umwege gehen, sich verirren im Gewirr der Sackgassen und zuletzt zusammenfinden, um sich zu einigen – das war seine Leidenschaft.

Doch die Regeln hielten stets jenen Spielraum offen, der es beiden Seiten ermöglichte, in Würde das Geschäft zu beenden. An diesem Abend hingegen verloren alle ihr Gesicht. Die Flüchtlinge, nicht weil ihnen das Letzte genommen wurde, was sie an Geld noch besaßen, sondern weil sie bis aufs Blut gedemütigt wurden. Und Alkan, der das

Spiel, das dem Feilschen zugrunde liegt, gnadenlos zu blutigem Ernst machte.

Ayasha leistete keinen Widerstand, als Hakim für den Weitertransport der vaterlosen Familie bezahlte. Erst nachdem dieser zuletzt seine Uhr auf die Geldscheine gelegt hatte, wurden sich die Männer einig. Das Handy bekam Alkan nicht. Dieser wusste, dass keiner der Flüchtenden es freiwillig hergab – die einzige Verbindung mit der Heimat, eingespeicherte Telefonnummern und Fotos von zu Hause. Jeder verteidigte das Handy mit seinem Leben.

„Das ist mein letztes Wort", lautet die Floskel, die jeder kennt, die man benutzt, ehe man sich umwendet und langsamen Schrittes weitergeht. Jetzt muss der andere nachgeben, sonst misslingt das Geschäft. Alkan verwendete die Worte genussvoll, wieder und wieder. Keiner der Flüchtlinge wollte sich vorstellen, was geschehen würde, wenn Alkan sie im Haus an der Grenze zurückließ.

Im ersten Morgengrauen nach einer endlos erscheinenden Nacht, in der niemand schlief, war draußen ein Motorengeräusch zu vernehmen. Alle sprangen auf und es dauerte lediglich ein paar Minuten, bis die Gruppe lautlos das Haus geräumt hatte. Hinein in den Laderaum eines Lieferwagens, eng geschlichtet, ein kurzer Ruck und das Auto setzte sich in Bewegung. Alkan stand auf, um die Plane herunterzulassen. Er kämpfte ums Gleichgewicht, dann sprang er hinaus. Natürlich, es war klar gewesen! Niemand wunderte sich darüber, dass sich Alkan aus dem Staub machte.

Im Wagen umfing sie augenblicklich völlige Dunkelheit. Während sich das Auto langsam über die holprige Straße vom Haus entfernte, hörten sie Alkan draußen nach Tarek rufen: „Tarek?"

Dann, nach einer Pause wieder: „Tarek! Tarek!"

Obwohl für die Flüchtlinge im Auto die Stimme des Türken immer leiser wurde, hörten sie in ihr deutlich den ungläubigen Zorn. Alkan würde keine Antwort erhalten. Ha – Alkan, der Betrogene! Im Dunkel der Ladefläche trafen Entsetzen und Genugtuung aufeinander: Alkan hatte die Flüchtlinge im Stich gelassen! Aber auch er war hintergangen worden! Im letzten Moment, ehe die Dunkelheit sie umfing, hatten sie Tarek noch gesehen, weit hinten, verborgen hinter Ayashas Kindern. Hakim überlegte, ob der Junge vielleicht versehentlich von Alkan getrennt worden wäre. Doch dann fiel ihm ein, wie Tarek aus dem Haus gestürzt war, um sich zu übergeben. Nach seiner Rückkehr – kein Wort mehr zwischen dem Mann und dem Jungen. Den Blicken des Türken war Tarek ausgewichen. Und dann, katzenartig geduckt hatte er als Erster den Laderaum des Wagens erreicht! Nein, keineswegs war er versehentlich bei ihnen geblieben. Tarek hatte eine Entscheidung getroffen.

— - —

In der Dunkelheit mangelte es an allem. Es fehlte Wasser, den Durst zu stillen, Luft zum Atmen und die Zeit schien stehengeblieben zu sein. Die Flüchtlinge hockten regungslos auf dem Boden der Ladefläche. Irgendwann wurde die holprige Fahrt ruhiger und sie spürten, dass der Lastwagen Tempo machte. Dies blieb die einzige Veränderung. Tarek konzentrierte sich auf seinen Puls, seine Lunge. Das gab Hoffnung und linderte den Schmerz in seinem Kopf. Jeder Atemzug war ihm Beweis dafür, dass Sekunden verstrichen. Sie steckten also nicht in einer Zeitschleife fest. Im Dröhnen des Motors blieb sein Herzschlag unhörbar, zu spüren war er. Dumpf dröhnte es irgendwo da drinnen und pochend trieb es die Zeit voran. Von Alkan hatte er gelernt, sich auf sein Inneres zu konzentrieren, ausgerechnet von Alkan, den er jetzt, indem er die gesamte Lebensenergie auf seine mentale Kraft konzentrierte, zu vergessen suchte.

Irgendwann in dieser Endlosigkeit beklagte sich der Erste von ihnen, er bräuchte ein Klo. Gleich jammerten alle und Lana, Ayashas Tochter, musste augenblicklich. Sie klopften an die Blechwand, die sie vom Führerhaus trennte; vergeblich. Als die Kleine zu weinen begann, zog die Mutter ihr das Höschen herunter und das Kind hockte sich einfach dorthin, wo es zuvor gesessen war. Einen anderen Platz gab es in der Enge des Wagens nicht.

Tarek horchte auf die sanfte Stimme Ayashas. Im Dunkel malte er sich aus, wie zärtlich die Mutter am Gewand ihrer Tochter herumnestelte. Wie sie sich bemühte, das Mädchen wieder ordentlich anzuziehen. Er versuchte sich vorzustellen, was es bedeutet, eine Mutter zu haben. Er wartete, versuchte es noch einmal. Aber es misslang. Allein wenn Laith von Ayasha gesprochen hatte, war eine Ahnung in ihm aufgestiegen. Tarek erinnerte sich: Damals hinter den Brennnesseln war ihm klar geworden, dass er Alkan nicht brauchte, mehr noch, dass er Alkan hasste. Tareks Kopf schmerzte. Um sich zu beruhigen, ließ er erneut Ayashas Bild vor sich erstehen. Und wenn er sich täuschte? Wenn er sich in Ayasha täuschte? Was dann?

Hoffnung – da war es wieder, das Wort: Hoffnung! Vater hatte es nie benutzt. Tarek versuchte, sich die Gestalt seines Vaters neben Ayasha vorzustellen. Es war so schwer! Aber der Schmerz in seiner Stirn ließ nach und Tarek spürte, wie ihm die Augen zufielen. ‚Was bringt es, in die Dunkelheit zu starren‘, ging es ihm noch durch den Kopf, dann …

Er träumte von seinem Vater:

Ein Mann erscheint, selbst noch fast ein Kind … Sein bester Anzug – er heiratet. Das Gesicht der Frau ist leer. Dann … jetzt ist das Bild klar: Vater erzählt von der Geburt seines ersten Sohnes. Die Mutter – Tarek hört ihre Schreie. Er kann sie nicht sehen. Er bemüht sich vergeblich. Dann das zweite Kind und Vaters Stimme: "Bei deiner Geburt starb Mutter."

Tarek schreckte auf. Seine Stirn hatte ans Blech der Autowand geschlagen. Seinen Kopf spürte er nicht, einzig den Schmerz des Vaters. Erneut sank sein Kinn auf die Brust:

Jetzt ist Vater schon älter. Wieder spricht er: „Wir haben ein gutes Gedächtnis, wir Söhne der Wüste!"

Seine Stimme klingt drohend, aber ich fürchte ihn nicht. Da, mein Bruder, er redet schon wie Vater. Beide tanzen nun, arbeiten, lachen, fluchen ... singen, selbst wenn sie singen, klingt es wie Kampf. „Wir vergessen nie! Wir vergessen nie!" Sie tanzen. „Wir vergessen nie!"

Meine Hände, ich halte sie über ein kleines Feuer, das mich wärmt. Vaters Augen glimmen wie die Glut. Er steht vor meinem Bruder. Sie sprechen vom Heiligen Krieg. Ich richte mich auf und stelle mich zwischen die beiden. Es ist zwecklos, sie sehen mich nicht. Ich packe meinen Bruder an den Schultern und schüttle ihn. Er sieht mich an – Seine Augen glimmen wie Vaters Augen. Sie brennen! Sie verbrennen mich ...

Von einer Sekunde auf die nächste war Tarek hell wach. Er spürte den sanften Druck einer Umarmung und wusste augenblicklich, dass es Laith sein musste. Da ließ er es geschehen. Nur leicht drehte er den Kopf, um vielleicht doch Laiths Augen in der Finsternis zu erkennen. Da war nichts, kein rotes Glimmen, nur der sanfte Druck einer Umarmung.

Tarek

Außer Zahira und Hakim wusste niemand im Haus, dass Tarek nicht Ayashas leiblicher Sohn war. Der Junge wohnte in ihrem Zimmer und die scheue Frau, die so lange geschwiegen hatte, machte augenscheinlich keinen Unterschied zwischen Laith, Lana und Tarek. Die Jungen schienen unzertrennlich zu sein. Hätten sich die beiden weniger gut verstanden, wäre der Verlust ihres Vaters noch schmerzlicher gewesen, das war die einstimmige Meinung im Haus. Bloß Lana sprach selten mit Tarek, aber sie war eben ein Mädchen, das zudem noch sehr an seiner Mutter hing.

Selbst Ayasha erfasste nur zum Teil, wie nahe sich Laith und Tarek standen. Für gewöhnlich konnte man sich Brüder nicht aussuchen, hier war es anders. Die beiden Jungen hatten sich gefunden, als sie vaterlos wurden. Nur Laith verstand, dass Alkan an die Stelle von Tareks leiblichem Vater getreten war. Laith war zudem der Einzige, der von Tareks Kindheit wusste, denn dieser hatte sich ihm anvertraut.

Dies geschah an einem jener Tage, an denen es Laith schwer fiel, fröhlich zu sein. Er musste ständig an Samir denken. Ob sein Vater wohl noch lebte? Auf dem Heimweg vom Fußballplatz versuchte Tarek, ihn aufzuheitern. Er neckte ihn, stieß ihm scherzhaft die Faust in die Seite. Da reagierte Laith völlig unangemessen und schlug zurück. Es war das erste Mal, dass die beiden aneinandergerieten. Tarek war derart überrumpelt, dass er erst reagierte, als Laiths Schläge richtig wehtaten. Obwohl es ihm ein Leichtes gewesen wäre, in angemessener Weise die Fäuste sprechen zu lassen, hob er die Arme ausschließlich zur Verteidigung. Da ließ Laith von ihm ab. Tareks Lippen waren aufgeplatzt, dennoch schien es, als wäre Laith der Unterlegene im Kampf gewesen. Seine Augen waren rot vom Weinen, die Wangen verdreckt von Erde und Tareks Blut. Schweigend standen die beiden einander gegenüber. Weil ihnen klar war, dass sie so Ayasha nicht unter die Augen treten durften, setzten sie sich in das Dickicht des jungen Maisfeldes. Da begann Tarek, von seinem Vater zu erzählen.

Hassen habe dieser ihn gelehrt, ohne ihm das Ziel seines Hasses zu nennen. Der Ort, dem Vaters Sehnsucht galt, war jedoch klar und deutlich beschrieben. Es ging um den Strand von Ajami, drüben im Land der Juden. Tareks Augen verdunkelten sich und sein Blick wanderte in weite Ferne. Jedes der Bilder, die seine Worte beschrieben, konnte Laith in Tareks Augen sehen:

Die Wellen von Ajami unterschieden sich von den trägen, ätzenden Fluten des Toten Meeres mit seinem dickflüssigen Wasser, das sich zwischen den Fingern ölig anfühlte. Weder Tarek noch sein Bruder konnten schwimmen. Es zu lernen, war unnötig, denn niemand ging hier unter. Das Salz des Meeres trug und Tarek musste beim Anblick der badenden Menschen oft an tote Fische denken, die leblos im Wasser trieben. An dem Umstand, dass die Brüder wenig Lust auf das Meer hatten, entzündeten sich wiederholt politische Brandreden des Vaters: Schuld an der Salzbrühe wären die Imperialisten, die Imperialisten und die Juden, wie immer. Wie oft erklärte der Vater, dass der Jordan schon lange nicht mehr ausreichte, um mit seinem Zufluss dem erstickenden Meer Erleichterung zu verschaffen. Zu viel floss zuvor in die Orangen- und Zitronenplantagen der jüdischen Siedler, staute sich in den Speicherkraftwerken im Norden des Landes. Der Name „Totes Meer" wurde in den Ausführungen des Vaters zum Symbol für den schleichenden Tod des palästinensischen Volkes. Die Brunnen reichten längs nicht mehr tief genug, um an das absinkende Grundwasser zu gelangen. Das wusste Tarek auch ohne die Worte des Vaters, denn

Wassermangel und sogar Durst gehörten zu seinem Leben. Um tiefere Brunnenschächte zu graben, benötigte man eine Genehmigung der Israelis und die erteilten sie lediglich in Ausnahmefällen. Wenn der Jordan das Tote Meer erreichte, schimpfte der Vater, war er bloß noch ein trauriger Rest vergangener Pracht und zerlief sich kraftlos in der bewegungslosen Wasserwüste, aus der es kein Entrinnen gab. Im abflusslosen Toten Meer fand der Fluss sein Ende. Der Fluss und das Volk – sie entsprachen einander. Der Jordan als Symbol brannte sich in Tareks Denken wie die Sonne in seine Haut.

Wenn der Vater sie darauf hinwies, dass sie im Jordangraben, am Strand des Meeres am tiefsten Punkt der Erde stünden, schien es Tarek, als spürte er über sich die endlose Luftsäule als bleiernes Gewicht, das ihn zu erdrücken drohte. Vierhundertsechsundzwanzig Meter unter dem Meeresspiegel und das Wasser sank noch weiter! Ob es noch tiefer ging? Noch tiefer mit dem Meer und dem Volk? Der Vater erwartete keine Antwort. Aber selbst in der unbarmherzigen Hitze der Wüste fuhr er fort, das Feuer des Kampfes zu schüren. Dass sich seine Söhne daran verbrannten, kümmerte ihn nicht.

Eines Tages war der Vater verschwunden. Die Nachbarn munkelten, er habe sich in der Dunkelheit der Nacht nach Ajami durchgeschlagen. Tarek wusste genau, wo der Strand von Ajami lag. Vater hatte es oft genug beschrieben: Im Süden von Tel Aviv, noch südlicher als die Altstadt von Jaffa, am Ende der Promenade. Dort lag der felsige Strandabschnitt mit seinen hohen Wellen. Wenn das Mittelmeer ruhig war, konnte man von hier nach Westen blicken und blutrote Sonnenuntergänge genießen. Vater würde nicht, wie die Touristen, schwimmen gehen, aber seinem Traum von blutroter Rache war er näher gekommen. Es war das erste Mal in seinem Leben, dass Tarek die Wut, die Vater ihm mit seinen Hassreden einzuimpfen versucht hatte, wirklich empfand. Jede Faser seiner jungen Seele blutete und verschlang rot flammend die gesamte Welt. Alles – den Vater, vor allem aber ihn selbst, Tarek, den schwachen Tarek! Vater hatte ihn zurückgelassen und nur den großen Bruder mitgenommen!

Seit damals hatte Tarek Angst davor, an Ajami zu denken, denn es war das Sinnbild für sein Versagen. Schon das Wort war unerträglich. Und wenn er in den Spiegel blickte, stürzte er in die Scherben seines Gesichts, seit damals.

Was Alkan, der Türke, in der Westbank machte, blieb Tarek verborgen. Es war ihm auch egal. „Komm mit mir", sagte dieser in gebrochenem Arabisch. „Du kannst für mich arbeiten." Alkan war tausendmal mehr Vater als der Hurensohn, der ihn verlassen hatte, das stand für Tarek schon nach wenigen Tagen fest.

An dieser Stelle brach die Erzählung abrupt ab. Laith beobachtete, wie Tarek sich auf die Lippen biss. Warum erzählte er nicht weiter? Als das Schweigen anhielt, berührte er vorsichtig Tareks Schulter. Dieser stieß seine Hand unwirsch weg. Tarek war so traurig, Laith fühlte es deutlich. Sie standen auf und trotteten missmutig nach Hause. Den Rest des Tages schwieg Tarek. Dumpf blickte er vom Fenster seines Zimmers hinunter in den Garten und beobachtete ein im Gras umherhüpfendes Elsternpaar.

— - —

Sie waren wieder da, die diebischen Vögel. Tarek hatte es gewusst, dass sie ihn nicht in Ruhe lassen würden. Er musste immer an den fehlenden, dritten Knopf denken. Wiederholt sagte er sich, dass Ayasha es nie erfahren dürfte. Im Verrat war er gut, das hatte er von seinem Vater gelernt. Dann aber fuhr es ihm durch den Kopf: ‚Wie schrecklich! Es war Samir!' Tarek biss die Zähne zusammen.

Erneut spürte er, wie er um sein Leben rannte, der Mann hinter ihm. Schon ganz nahe, gleich … Das Loch am Zaun. Alkan wartet. Die Männer gehen aufeinander los. Wie Wölfe. Weg, schnell! Ich bin klein genug. Leicht passe ich durch das Loch …

Drüben war er weitergerannt, ohne sich umzusehen, gerannt, bis er stürzte und liegen blieb. Wenig später kam Alkan und zog ihn hoch. Sie marschierten los. Weg! Weg vom Zaun. Als Tarek hinterher trottete, sah er, dass Alkan humpelte. Der Wolf! An seiner Hand baumelte der Lederbeutel, den Tarek am Zaun verloren hatte. Die Hose war zerfetzt und blutverschmiert. „Hurensohn", sagte Tarek leise.

Alkan drehte sich um und herrschte ihn an: „Komm schon!"

Tarek senkte den Blick vor dem Wolf. Durch das rot umrandete Loch in Alkans Hose sah er das Bein des Mannes. Es war unverletzt. Und dennoch war alles voller Blut. Tarek schloss die Augen. Als er sie wieder öffnete, bemerkte er, dass sein eigener Arm schwarz war. Er wischte mit der linken Hand darüber – klebrig. Tarek blieb stehen. Heftig rieb er beide Hände aneinander, umsonst. Wölfe jagen im Rudel, dachte er und roch am Blut, das sein Inneres zum Sieden brachte.

Wieder drehte sich Alkan nach ihm um. Tarek duckte sich und ging weiter. „Hurensohn", sagte er leise, aber im wirklichen Leben schwieg er.

— - —

Ich sitze hier, während du … Vater? Wenn ich an Ajami denke … Es ist nicht auszuhalten! Mein Gesicht zerbricht in Scherben …

Ich muss mir vorstellen, alles ist bloß ausgedacht. Dann kann ich es zurücklaufen lassen, so wie die alte Filmrolle im Dorfkino am Ende der Vorführung, verkehrt eingelegt – wieder zurück an den Anfang.

Alles nur ausgedacht! – Jetzt setzt sich der Spiegel wieder zusammen, mein Gesicht.

Ich sitze hier – Ajami … Ajami!!! Es ist nicht auszuhalten! Ich bin bereit zu jeder Tat. Vater! Ich bin bereit! Ich war bereit, schon damals. Ich? Zu jung? Zwölf Jahre wiegen schwer, wenn man am Toten Meer aufwächst! Hast du die endlose Luftsäule vergessen? Bedenke: vierhundertsechsundzwanzig Meter unter dem Meeresspiegel! Du hast mich unterschätzt, Vater! Alles hätte ich getan, so wie du! Warum bist du ohne mich gegangen? Was hast du dir dabei gedacht?

Ich sitze hier und ertrage mich selbst.

Ehre

Das Haus, in dem die Flüchtlinge wohnten, war eine vergleichsweise kleine Unterkunft. Während das Quartier des Nachbarortes fast achtzig Personen aufgenommen hatte, bestand ihre Gruppe aus lediglich vier Familien. Jede besaß ihr eigenes Zimmer im ersten Stock, unten im Erdgeschoss stand eine große Wohnküche zur Verfügung. In den ersten Wochen ihres Aufenthalts waren sie einfach nur glücklich gewesen. Unglaublich hatte sich der Kontrast angefühlt, der Unterschied zur Flucht und zum Leben in den großen Flüchtlingslagern, in denen sie zu Beginn untergebracht gewesen waren. Die eigenen vier Wände bildeten ein schützendes Zelt. Sie gaben wieder Raum, sich zu entfalten, einen Ort für Freude und Trauer, Spiel und Streit, Träumen und Grübeln. Die Möglichkeit des Allein-Seins war höchster Luxus, und der Körper forderte, was er lange entbehrt hatte. Es gab Augenblicke sinnlicher Leidenschaft, keine Geräusche von außen, keine Blicke – begehrlich, abschätzend, neidvoll und fordernd, keine Zeugen. Zudem blieb es nun erspart, unwillkürlich selbst mitzubekommen, was die Privatsphäre anderer verletzte, die Peinlichkeiten leiblicher Bedürfnisse, ersehnte Zärtlichkeiten, aber auch aggressive Gewalt zwischen Mann und Frau.

Niemand glaubte in dieser Zeit, dass das Zusammenleben im Haus schwierig werden könnte. Einzig Reem sorgte anfangs zeitweise für Missstimmung – Reem, die stets alles besser wusste. Reem, die peinlich darauf bedacht war, die religiösen Vorschriften einzuhalten, Reem, die auf alles herabsah, was an westlichen Vorstellungen ins Haus kam. Das schöne Tuch trug sie wie eine Krone, eine Krone, die unverrückbar schien, unumstößlich wie die Lehre des Korans, die ihr

Leben bestimmte. In ihrem Glauben war sie hart zu sich selbst und hart zu den anderen.

Obwohl alle Reem wegen ihres kranken Sohnes bedauerten, hatte sie etwas an sich, das es nicht zuließ, Mitleid ihr gegenüber offen zu zeigen. Der kleine Muhammad litt an den Folgen einer schweren Verletzung am rechten Bein. Er hatte sie, das allein war aus Reem herauszubekommen, bei Kampfhandlungen, in die sie geraten waren, erlitten. Unter der mittlerweile verheilten Wunde waren die gebrochenen Knochen falsch zusammengewachsen. Deshalb blieb das Bein verkrüppelt. Wenn Mitarbeiter der Gemeinde im Haus waren, beklagte Reem stets tränenreich das Schicksal ihres Sohnes, welches sie offensichtlich mehr bedrückte als den Jungen selbst. Dieser war nämlich ein aufgewecktes Bürschchen, das gerne, trotz seiner Behinderung, laut die Stufen hinauf- und hinuntertobte. Schmerzen schien Muhammad nur zu empfinden, wenn die Mutter seinen seitlich verdrehten Fuß herzeigte, wenn sie die blau verästelte Narbe, die bis zum Kniegelenk hochwuchs, den betroffenen Besuchern unter die Nase hielt. Dann begann der Kleine augenblicklich zu weinen und humpelnd die Aufmerksamkeit aller auf sich zu ziehen. Wie lange das Schauspiel weiterging, hing von der Situation ab. Zwischen Mutter und Sohn schien es für Außenstehende unsichtbare Zeichen zu geben, die das inszenierte Leiden in Gang setzten, wieder beendeten und die gesamte Dramaturgie steuerten. Fast war es, als bediene Reem irgendwo einen Lautstärkeregler für das Jammern des Jungen.

Anfangs machten sich Hakim und Zahira über die beiden lustig. Doch weil sie wussten, dass Muhammad operiert werden sollte, wollte niemand im Haus mit Reem tauschen, und alle duldeten das Theater. Reems Erzählungen von den sterilen Krankenhauszimmern, die sie bei den vorbereitenden Kontrolluntersuchungen kennengelernt hatte, machten Angst. In den Spitälern hier gab es genaue Besuchszeiten, hörten sie. Die Patienten durften einzig in dieser begrenzten Zeit mit ihren Angehörigen zusammen sein. Wie sollte man ohne Familie gesund werden, fragten sie sich. Muhammad begann bei den Diskussionen der Erwachsenen hysterisch nach seiner Mutter zu schreien, obwohl diese ohnehin im Raum war. Natürlich richtete sich gleich wieder die Aufmerksamkeit aller auf ihn. Ein Gutes hatte das traurig-lustige Schauspiel allerdings: Weil die Einheimischen den Jungen verwöhnen wollten, gab es im Haus bald mehr Spielsachen, als die Kinder bisher in ihrem Leben gesehen hatten. Nur Reems schamloser Forderung, der Junge bräuchte ein batterie-betriebenes Kinderauto, wurde nicht nachgekommen. Wie konnte man derart den Bogen überspannen, fragten sich die anderen im Haus. Reem benahm sich zeitweise, als befände sie sich in einem Selbstbedienungsladen. Zahira und Hakim begannen, sich von Reem abzuwenden.

Die Ereignisse, die das Zusammenleben im Haus jedoch wirklich belasten sollten, gingen nicht von Reem aus. Es waren die kurdischen Geschwister Goman und Roye, die zunehmend Sorgen bereiteten. Während das Mädchen in der Schule Freunde und Beschäftigung fand, blieb Goman sich selbst überlassen. Der junge Mann hatte bei der Registrierung angegeben, siebzehn Jahre alt zu sein. Dokumente, die dies belegten, fehlten allerdings. Er war einer der vielen, auf deren Einreisepapieren als Geburtstag der erste Jänner stand. Alle, die keine Personaldokumente vorweisen konnten oder wollten, wurden mit dem ersten Tag des Jahres registriert, das sie als Geburtsjahr angaben. Der Umstand, minderjährig zu sein, vermochte den Status der Schutzbedürftigkeit zu heben, das wussten viele der Flüchtenden. Goman hatte nichts Kindliches mehr an sich. Sein Auftreten war das eines verwöhnten jungen Mannes.

Roye hatte am meisten unter seinen Launen zu leiden, denn Goman behandelte die Schwester wie eine Dienstbotin. Wenn er seine guten

Tage hatte, spielte er mit den Kindern im Garten und schloss sich lachend den Frauen bei ihren Spaziergängen an. In solchen Augenblicken war Goman glücklich und er konnte herumtollen wie ein junger Hund. Seine Lebensfreude steckte an. Nur Zahira fand ihn in allem, was er tat, zu hitzig, zu übertrieben und hielt Abstand.

An seinen schlechten Tagen war alles anders. Schon wenn er am Morgen die Wohnküche betrat, sah Zahira an seiner Körperspannung, dass sie es heute mit einem anderen Menschen zu tun hatte. Seine Bewegungen waren die eines eingesperrten Raubtieres, in einem Augenblick apathisch, dann wieder angespannt, wie kurz vor dem Sprung. Ungelenk wirkte er dabei, auf eine Art, die fast wehtat, und seine Unruhe übertrug sich auf die anderen. Unter den Männern war immer gleich dicke Luft. Es genügte eine unüberlegte Bemerkung, eine Nichtigkeit und die aufgeladene Stimmung entlud sich in einem wüsten Streit.

Eigenartigerweise bereitete ausgerechnet Laith das Benehmen Gomans die größten Probleme, Laith, der eher gutmütig war und für gewöhnlich überlegt und bedächtig reagierte. Ständig war er Opfer von Gomans Sticheleien und Bosheiten, gegen die er sich mit ebenso gut durchdachten Gemeinheiten zur Wehr setzte. Tarek hingegen blieb unbehelligt. Zwischen dem schmächtigen Jungen mit den schwarzen Augen und Goman, dem ihn um einen Kopf überragenden jungen Mann, herrschte ein Kräftegleichgewicht, das schwer zu erklären war. Niemals kam es zwischen den beiden zum Schlagabtausch. Dass sie kaum miteinander sprachen, lag weniger an den Sprachunterschieden. Hätten sie sich verachtet oder einander gehasst, wäre das Schweigen erklärbar gewesen. Es schien eher, als wäre da eine Übereinstimmung, eine Art des Verstehens, die keiner Worte bedurfte.

Ayasha beobachtete genau, was sich zwischen den drei Jungen zutrug. Selbst wenn Goman der Freundschaft zwischen Laith und

Tarek keinen Schaden zufügte, spürte sie doch die stille Bedrohung, die von Goman ausging. Tarek und Goman – die beiden hatten etwas an sich, was sie verband, etwas, wovon Laith ausgeschlossen blieb. Erklären konnte sie es nicht, bloß erspüren. Während sich Goman nach Liebe sehnte und alles tat, um im Mittelpunkt zu stehen, war Tarek unfähig, Liebe zuzulassen. Gomans Aggression entlud sich in Wutausbrüchen, Tarek biss sich so lange auf die Zunge, bis diese blutete. Was Goman haben wollte, nahm er sich, Tarek wartete und stahl, um gleich darauf alles wieder zurückzugeben. Tarek – der Dieb! Nur Ayasha wusste davon.

Es missfiel ihr, was sie sah. „Goman ist wie ein polternder Bär", sagte sie einmal zu Zahira. „Tarek ..."

„Tarek braucht dich!", entgegnete diese sofort. Ayasha blickte in Zahiras warme Augen. „Und Goman? Was ist mit Goman?"

Gute Tage, schlechte Tage, gute Tage ... Solange man wusste, dass nach den schlechten wieder gute kamen, mochte es gehen. Was aber, wenn bei all der Langeweile die Zeit anhielt? Was, wenn einer der schlechten Tage endlos blieb? Immer öfter kam es zu Raufereien im Haus. Das Einzige, was die Wutausbrüche stoppte, war Reems Drohung, sie werde in der Gemeinde anrufen. Selbst den heißblütigen Streithähnen war klar, dass die Männer in Österreich ihre Konflikte eher selten körperlich austrugen, und die Polizei wollte niemand im Haus haben. Doch wie damit umgehen? Wie sollten die Männer ihr Gesicht wahren bei den ständigen Provokationen, die von Goman ausgingen? Wie sollten sie ihn in seine Schranken weisen, ohne dass von ihren Problemen etwas nach außen drang? Schon zu Hause war es so gewesen. Wenn man sich etwas zuschulden kommen ließ, war dies noch nicht wirklich das große Problem. Erst das Bekanntwerden einer Verfehlung brachte Schande. Schande über den, der Schwierigkeiten hatte oder machte, und, noch viel schlimmer, Schande über die Sippe.

Um die Ecke reden konnten sie alle, das hatten sie von Kindesbeinen an gelernt. Zeitlebens galt es, den Schein zu wahren, denn dies war eine Frage der Ehre.

So blieben die Probleme im Haus Christine verborgen. Erst als die Situation eskalierte, rief sie sich kleine Auffälligkeiten an Gomans Benehmen ins Gedächtnis, die ihr, wäre sie hellhöriger gewesen, Warnung hätten sein müssen.

Das Gewitter

Es geschah an einem schlechten Tag, an einem, der zweifeln ließ, ob ihm noch ein guter folgen würde. Vorerst war alles still. Vielleicht zu still?

Die milde Luft des Frühsommers legte sich wie ein Pflaster auf die schwelende Unruhe im Haus. In letzter Zeit waren die Männer tagsüber selten zu Hause. Die hellen und langen Tage luden zu Aktivitäten im Freien ein und es fiel leichter, wenn nötig, einander aus dem Weg zu gehen. Obwohl die Runden, die die Frauen in den Wiesen und Wäldern der Umgebung machten, noch nie so lohnend waren wie jetzt, da das satte Grün der Junitage das Land überschüttete, schien das Interesse an den Spaziergängen nachzulassen. Immer öfter kam es vor, dass die Gruppe es vorzog, im Garten zu bleiben, um den Schatten unter dem längst verblühten Fliederbusch zu genießen.

Die Hitze der hoch aufsteigenden Sonne konnte nicht allein die Ursache für die abnehmende Freude an den Ausflügen sein, überlegte Christine. Vielleicht war es Zahira, die sich mehr und mehr in sich zurückzog und somit als treibende Kraft wegfiel. Die junge Frau litt an anhaltender Übelkeit und schien von schweren Gedanken geplagt zu sein. Alle vermissten Zahiras helles Lachen, ihre Stimme, die stetig wie ein frischer Frühlingswind durch das Haus geweht war. Zahira ließ lediglich Ayasha an sich heran, sonst verbrachte die Familie die Tage zurückgezogen im Halbdunkel des Raumes unter sich. Die Nächte voller Geschichten blieben nach wie vor ein wohlgehütetes Geheimnis. Endlich vermochte Ayasha etwas von dem zurückzugeben, was sie an Unterstützung und Hilfe bekommen hatte. Was wäre aus ihr geworden, hätten sich Hakim und Zahira nicht ihrer angenommen? Auch wenn die Flucht die Familien zu einer Schicksalsgemeinschaft zusammengeschweißt hatte, waren sich die beiden Frauen zu Beginn fremd gewesen. Zahira, die Irakerin, die gebildete, junge Frau aus Mossul und Ayasha, die Syrerin, die einer alawitischen Familie angehörte und bei ihrem Großvater in den Bergen des Küstengebirges aufgewachsen war. Schwerer als die Hilfe auf der Flucht wog die Tatsache, dass Zahira mit ihrer Zuneigung Ayasha aus dem Kerker der Sprachlosigkeit befreit und somit ihren Kindern wiedergegeben hatte. Jetzt tat Ayasha alles, um die dunklen Wolken zu vertreiben, die sich über Zahira zusammenzogen, und die Frauen wurden endgültig Freundinnen.

Christine hatte mit Zahira in dieser schwierigen Zeit keinen Kontakt. Als ihre Sorge zu groß wurde, bat sie hartnäckig darum, ins Zimmer der irakischen Familie geführt zu werden, was Ayasha letztendlich tat. Zuerst war kaum etwas zu erkennen, denn die vorgezogenen Vorhänge tauchten den Raum in diffuses Halbdunkel. Nach und nach gewöhnten sich die Augen an das fahle Licht und Christine sah, dass sich Zahira im Bett aufrichtete. Ihr Gesicht wies eine ungesunde, gelbliche Färbung auf. Darin blickten die Augen dunkel. „Wie ausgebrannt", schoss es Christine durch den Kopf und sie erschrak. Nichts war mehr geblieben von der weichen Zartheit der Gesichtszüge. Ausgetrocknet und spitz wirkte Zahira, um Jahre gealtert. Als sie sprach, roch ihr Atem säuerlich nach Krankheit. „Der Arzt war schon da." Zahiras Stimme klang, als müsse sie Trost spenden. „Macht euch keine Sorgen." Dann tonlos: „Hakim kommt bald nach Hause."

Ermattet sank sie zurück ins Kissen. Ayasha nahm Christines Hand und schüttelte den Kopf. Ohne ein Wort verließen die beiden Frauen den Raum.

Wenn Christine später überlegte, was den Ausschlag für die folgenschweren Veränderungen im Haus gegeben haben könnte, fiel ihr

Zahiras Rückzug aus der Gemeinschaft ein. Mit dem Fehlen ihres umsichtigen und heiteren Wesens erlosch das Licht, welches den Flüchtlingen die ungewisse Zukunft weniger dunkel erscheinen ließ. Die Einzigen, die sich in den nächsten Wochen nach wie vor auf die Spaziergänge mit Christine freuten, waren Goman, Laith und Tarek. Sie genossen es, mit der jungen Frau auf den Wanderwegen die nähere Umgebung ihres Hauses zu erforschen, und der ewig schwelende Streit verflog im Laufen, Lachen und Springen. Christine wusste, dass sie indirekt den Frauen half, wenn sie den Tag der ungestümen Jungen mit Leben erfüllte. Sicher entlastete dies die Situation im Haus. Es fiel ihr leicht, sich vorzustellen, wie lange Stunden ohne sinnvolle Beschäftigung werden konnten. Während die Kinder die Vormittage in der Schule zubrachten, hockte Goman, der nicht mehr schulpflichtig war, in der Küche und wusste die meiste Zeit wenig mit sich anzufangen. Gerade er brauchte jedoch Ablenkung und vor allem Bewegung. Dass es bei den Spaziergängen nach wie vor nicht an Frauen mangelte, lag daran, dass sich ihrer kleinen Gruppe neuerdings Familien aus dem benachbarten Flüchtlingsquartier anschlossen. Unter den Neuen gab es ein außerordentlich schönes Mädchen in Gomans Alter. Christine war klar, der Junge war kein Kind mehr und erwartete die gemeinsamen Spaziergänge nun noch sehnsüchtiger.

Als die ersten Sommergewitter des Jahres übers Land zogen, ahnte Christine noch immer nicht, wie sehr sich die Spannung im Haus aufbaute. Die Nachricht vom Gewaltausbruch unter den Männern schlug wie ein Blitz ein, traf sie völlig unvorbereitet und dennoch fühlte es sich an, als hätte sie auf irgendetwas gewartet. Den Familien im Haus kam es vor, als holte sie das Feuerschwert des Krieges ein. Davonlaufen war unmöglich, totschweigen half nicht. Wie ein Fluch schlich sich die Zwietracht zurück in die verwundeten Herzen, führte die Hand und machte sie zum Werkzeug unkontrollierter Aggression.

Der folgende Donner war laut und weit über die Grenzen ihres Hauses hörbar.

— - —

Ich bin bereit zu jeder Tat. Ich war bereit, schon damals. Jetzt werdet ihr es sehen. 12 Jahre – alt genug! Du hast mich unterschätzt, Vater! Sieh nur! Alles hätte ich getan, alles, auch für dich!

— - —

Als Christine angerufen und über die Vorkommnisse informiert wurde, galt es, schnell zu handeln. Nach dem ersten Schreck stellte sich heraus, dass niemand ernsthaft verletzt worden war und die Männer sich bereits wieder beruhigt hatten. Es war zu einer wüsten Rauferei zwischen Goman und Tarek gekommen. Warum die Jungen derart aneinandergeraten waren, konnten oder wollten die Flüchtlinge nicht verraten. Die Männer, die eigentlich bloß versucht hatten, die beiden auseinanderzubringen, waren mehr und mehr in das Handgemenge verwickelt worden. Zuletzt tobte in der Wohnküche eine Keilerei, ein Gewaltausbruch, der den Gesetzten des Krieges gehorchte.

Ayasha erinnerte sich, dass Tarek kaum zu stoppen gewesen war. ,Wie ein Wolf! Wieder und wieder ging er auf Goman los', dachte sie, aber ihr Mund blieb verschlossen, als Christine fragte. In dem allgemeinen Tumult hatte Goman, wie sich herausstellte, nach dem Messer gegriffen, das Messer, welches vom Kochen noch auf dem Tisch lag. An dieser Stelle gingen die Schilderungen verschiedene Wege. Während Goman behauptete, er habe sich nur Gehör verschaffen wollen, bezeichnete Reems Mann diesen als tickende Zeitbombe. Reem selbst hatte sich nach dem Vorfall mit ihrem Sohn Muhammad im Zimmer eingesperrt. Durch die geschlossene Tür hörte Christine das Wimmern des Buben.

In den nächsten Tagen verließen Mutter und Kind den Raum nicht. Wenn jemand eintrat, begann Muhammad zu zittern und zu schreien. Nach anfänglicher Ratlosigkeit vermutete Christine, dass der Junge einen Flashback erlitten hätte. Wer war schon im Stande zu wissen, was ihm während der Kriegsereignisse widerfahren war? Die Narben an seinem Bein waren sichtbar. Welche Verletzungen seine kindliche Seele erlitten hatte, konnte man bestenfalls ahnen. Das Bein würde nach dem chirurgischen Eingriff wohl heilen, doch wer kümmerte sich um die Bilder, die womöglich wie ein Geschwür in ihm wucherten, jederzeit bereit aufzubrechen?

Keiner der ehrenamtlich arbeitenden Flüchtlingsbetreuer war auf eine solche Situation vorbereitet. Wie sollte man sich verhalten? Christine musste nach heftigen Diskussionen zugeben, dass es besser war, die Ereignisse bei der Gemeinde zu melden. Von nun an ging alles seinen Lauf. Da man zukünftige Eskalationen verhindern und dem offensichtlich traumatisierten Muhammad helfen wollte, bekam Reem mit ihrer Familie gleich am folgenden Tag eine Wohnung in Graz zugewiesen. Die Geschwister Goman und Roye sollten ehestmöglich in ein anderes Flüchtlingsquartier verlegt werden. Später fühlte sich Christine schuldig und warf sich vor, dass sie womöglich die Umsiedlung verhindern hätte können. Was sollte aus Roye werden, die die Aufnahmsprüfung für die Caritasschule geschafft hatte und nun vielleicht diese Chance nicht wahrnehmen konnte? Was war das für eine Lösung, Goman mit seinen Problemen einfach in ein anderes Quartier zu überstellen, fragte sich Christine. Immer wieder musste sie daran denken, wie ängstlich der junge Mann gewesen war, als sie begonnen hatten, ihre Spazierwege in den Frühlingswald zu verlegen. Wäre sie doch hellhöriger gewesen! Goman wünschte sich hartnäckig wieder in die Wiesen und Felder des Tales zurückzukehren. Die freie Sicht – nie wäre Christine allein dahinter gekommen, doch Goman erklärte es ihr: „Ich muss sehen, was da ist. Hinter den Bäumen. Was da ist."

Einmal kam es wie aus dem Nichts: „Die Türken sind die Schlimmsten! Schneiden Kurden Zunge aus Mund!"

Für Christine war es einer jener Momente, in denen sie sich schutzlos fühlte. Unvorbereitet blickte sie in den Abgrund menschlicher Grausamkeit und sie wusste augenblicklich, dieses Bild würde bleiben. Niemand wagte es, nachzufragen, Goman zum Reden zu bringen. Erst später kamen im Stillen drängende Fragen: Was hatte er erlebt? Hätte er Hilfe gebraucht oder war es bloß ein Gerücht, das er aufgeschnappt und nachgeredet hatte, hasserfüllte Hetze?

Über all den Zweifeln, die sie plagten, vergaß Christine den Druck, der auf ihnen gelastet hatte. Immerhin wurde alles, was mit den Flüchtlingen in Verbindung stand, in der Ortschaft argwöhnisch beobachtet. Fast schien es, als gäbe es Leute, die lediglich darauf warteten, dass sich etwas Schlimmes zutrug. Es war einfach unmöglich gewesen, die Eskalation im Haus zu verheimlichen, bestand doch die Gefahr, dass sich die Aggressionsbereitschaft erneut entlud. Und dann? Was dann? Schon durch ihre Arbeit mit den Flüchtlingen setzten sich die ehrenamtlich Tätigen mehr oder weniger unterschwelligen Anfeindungen aus:

„Alles kriegen die!"
Und Christine sah voraus, was jetzt kommen musste.
„Da sieht man es wieder! Wir haben es gleich gesagt!"
„Undankbares Pack!"
„Schluss jetzt! Schlagt euch zu Hause die Köpfe ein!"
Zu Hause? – Bilder des Schreckens …

„Wissen sie nicht, wie gut es ihnen geht? Die sollen schauen, wie es an den Grenzen zugeht! Europa ist zu."

Es stimmte. Dort, wo Ayasha, Tarek und die anderen einfach durchmarschiert waren, stand jetzt der Zaun. Dahinter: Hungerstreiks und wüste Aufstände. Das Lager von Idomeni[12] – Wasserwerfer im Einsatz gegen Männer, Frauen und Kinder. Sie wussten es!

Von Bulgarien bis Österreich: die Balkanroute geschlossen. Natürlich wussten sie es. Natürlich.

Und gestern schon wieder: 76 Leichen, angeschwemmt an einem Strand auf Sizilien. Natürlich wussten sie es. Natürlich!

„Schlagt euch zu Hause die Köpfe ein!"
Zu Hause ...?
Die Angst wuchs.

— - —

Christine hoffte bis zuletzt. Es musste einen Ausweg geben! Vielleicht hatten die zuständigen Behörden so viel zu tun, dass der Vorfall als unbedeutend eingestuft wurde. Und wenn es doch zur Wegweisung käme? Jedenfalls würde es Zeit brauchen, den Familien alles zu erklären, Zeit, um sich zu verabschieden. Fünf Monate hatten Goman und Roye in ihrer Unterkunft zugebracht und, trotz der Konflikte, war ihnen das Haus zur neuen Heimat geworden.

Da sie darüber im Unklaren blieben, ob und wann die Überstel-

---

12   nordgriechischer Grenzort, in dem sich nach der Schließung der mazedonischen Grenze in einem improvisierten Flüchtlingslager knapp 10000 Menschen aufhielten

lung stattfinden sollte, glaubte Christine, es bliebe ihnen noch eine Frist. Sie hatte ja keine Ahnung, wie in solchen Situationen vorgegangen wurde. Schnell musste es gehen, damit sich die Betroffenen der Wegweisung nicht entziehen konnten. Kurzschlusshandlungen galt es zu vermeiden. Deshalb geschah es, dass die Geschwister erst am Tag der Umsiedlung telefonisch verständigt wurden. Sie mussten weg.

Weg? Wohin? Sie verstanden kaum etwas von dem, was das Telefon an deutschen Wörtern auf sie losließ. Weg? Wohin? Am Ende … zurück nach Syrien? Wäre Goman eine tickende Zeitbombe gewesen, in diesem Augenblick wäre sie explodiert.

Christine hatte an jenem Vormittag eine Vorlesung an der Universität. Als diese zu Ende war, sah sie auf dem Display ihres Handys vier eingegangene Anrufe von Goman. So erfuhr sie, dass die Abholung für halb fünf am Nachmittag desselben Tages angekündigt war. Goman und Roye hatten mittlerweile erfahren, dass sie, zumindest vorläufig, in Österreich bleiben durften und schienen sich in das Unausweichliche zu fügen. Als Christine das Haus betrat, herrschte gespenstische Stille. Goman saß auf der Küchenbank und wartete. Er steckte in seinem orangen Daunenanorak, der ihn im Winter vor der Kälte geschützt hatte, und weigerte sich, diesen auszuziehen. Goman stand auf, als gälte es, augenblicklich aufzubrechen. Als Christine erklärte, sie sei nicht gekommen, um ihn abzuholen, sondern weil sie sich verabschieden wollte, setzte sich Goman wieder. Wut und Aggression waren längst verflogen und Christine wusste, dass er auch ohne ihr Beisein keinen Widerstand geleistet hätte. Mit dem Ausdruck tiefer Resignation sagte er: „Ich bin nicht gefährlich!"

Zahira und Ayasha saßen merkwürdig steif auf dem tiefen Sofa. Später kam Roye dazu. Sie trat aus dem Zimmer, das einmal ihres gewesen war. Wie so oft hatte sie sich sorgfältig geschminkt, wie immer war das Ergebnis zu auffällig, zu übertrieben für das junge

Mädchen. Jetzt, da die unbändige Lebensfreude aus ihrem Gesicht gewichen war, wirkte die Schminke wie die Maske eines Clowns, der sich ein Lächeln in das todtraurige Antlitz gezeichnet hat. Roye setzte sich zu den Frauen. Alle warteten.

Hakim versuchte sich für Roye einzusetzen. Goman sollte allein gehen, das Mädchen könne schließlich nichts dafür. Als sich Christine daraufhin als machtlos erklärte, sagte Hakim trocken: „The Gouvernement", und schwieg. Goman wiederholte: „Ich bin nicht gefährlich."

Er blickte Christine direkt in die Augen. Tonlos: „Ich … bin nicht gefährlich!"

Christine nickte und kämpfte um Fassung. Sie schaute hinüber zu den Frauen und nahm verschwommen wahr, dass diese still weinten. Mit drei Stunden Verspätung kam der Transporter der Caritas. Alle halfen beim Einladen. Der Hausbesitzer, der zuletzt erschienen war, um sicher zu sein, dass es keinen Widerstand gab, fuhr gleich wieder, erleichtert darüber, dass kein Polizeieinsatz nötig war. Goman und Roye stiegen in das Auto.

Als dieses gewendet hatte und langsam am Haus vorbeifuhr, trat Zahira ins Freie. Sie stellte einen Kübel vor sich ab. Er war bis oben angefüllt mit Wasser. Hakim hob ihn auf und schüttete den Inhalt in einem Schwall auf die Straße, dem Auto hinterher. „Gute Reise und kommt wieder zurück", sagte Zahira wie zur Erklärung in Richtung Christine.

Diese verstand sofort. Wasser – die Tränen Gottes! Alles vermochten sie … die Tränen Gottes. Sie würden eine Rückkehr ermöglichen.

Tarek stand neben Ayasha unter dem Vordach des Hauseingangs. Es hatte zu regnen begonnen. Er ergriff Ayashas Hand, ihr ins Gesicht zu schauen … unmöglich. Er hatte Angst. Das …? Scham stieg in ihm hoch. Das hatte er nicht … Seine Kehle war wie zugeschnürt vor

Angst und dennoch dachte er: ‚Vater – du hast mich unterschätzt!‘
Dann trotzig: ‚Ich bin bereit zu jeder Tat. Alles hätte ich getan. Alles,
allein für dich!‘

Aus den Augenwinkeln sah er, dass Ayasha ihn beobachtete. Ob sie
sich daran erinnerte, wie er auf Goman losgegangen war? Jetzt blieb
ihm fast die Luft weg und seine Gedanken flehten um Gnade: ‚Das
habe ich nicht gewollt, das nicht!‘

Noch immer wich er Ayashas Blick aus, zu groß war seine Angst.
Woher auch hätte Tarek wissen sollen, dass Mutterliebe alles verzeiht?

Ayasha

In unserer Sprache bedeutet „Sidi" mein Großvater. Diese Anrede wird zudem für Menschen benutzt, die einfach nur älter sind als wir, um damit Ehrerbietung und Vertrauen auszudrücken. Für uns Kinder war Sidi einzig das Wort unserer Liebe, die wir für Großvater empfanden. Indem auch er uns „Sidi" nannte, wenn er uns nicht beim Namen rief, folgte er einem Brauch, der die Wertschätzung dieser Anrede zurückgab. Dass ich als kleines Mädchen dabei wortwörtlich mit „mein Großvater" angesprochen wurde, war für mich völlig normal.

Im Sommer der Berge waren wir Kinder frei. Frei wie der Wind und frei wie der Falke, der über den Bäumen des nahen Waldes seine Kreise zog. Unser Leben hatte etwas von der Wildheit dieses Vogels. Sidi brachte uns bei, mit den Augen des Falken zu sehen. Von ihm lernten wir, die Dinge von oben zu betrachten. Wenn der Falke, seinem scharfen Blick folgend, rüttelnd in der Luft stand und auf den rechten Augenblick wartete, wussten wir, dass es die Geduld ist, die alle Kräfte bündelt, um im rechten Augenblick bereit zu sein. Wenn ihn die schmalen Sicheln seiner Schwingen trugen, ohne erkennbaren Flügelschlag, dann war es die Leichtigkeit, die unsere Kindheit ausmachte. So war der Sommer der Berge und wir glaubten damals, dass er immer so bliebe.

Natürlich hatten wir Kinder die uns zugeteilte Arbeit zu verrichten. Wie die Erwachsenen mussten auch wir unser Tagwerk erledigen. Ich verbrachte viel Zeit damit, Mutter im Haus zu helfen. Weil ich den Rest des Tages bei meinen Brüdern draußen im Feld und bei den Obstbäumen sein durfte, verging mir die Zeit wie im Flug. Wenn sich die Sonne neigte und nach schräger Wanderung über den mächtigen Kronen der immergrünen Steineichen unterging, war es Zeit, zu Sidi zu gehen. Dieser wartete stets schon auf uns, dort auf der Bank, am Waldrand, wo der Blick hinüber zu den erloschenen Vulkankegeln in der Ferne frei ist.

Großvater verstand sich nicht aufs Lesen und dennoch war er weit davon entfernt, Analphabet zu sein. Er selbst war das Buch. Dieses benötigte kein Papier. Ohne Schriftzeichen lebte es vom gesprochenen Wort, das die Weisheit unseres Volkes widerspiegelte. Bevor ich in die Schule ging, um lesen zu lernen, brachte mir Großvater bei, aus dem Nichts Welten zu erschaffen, das Buch meiner Fantasie zu schreiben. Später, als die Eltern mit uns Kindern nach Damaskus zogen, damit wir dort in die Schule gingen, wurden unsere Besuche in den Bergen seltener. Da begann ich die Regale meiner Seele mit Büchern zu füllen.

Jedes Mal, wenn wir im Sommer unsere Erzählungen wieder aufnahmen, bemerkte Sidi mit leisem Bedauern, dass meine kindliche Freude am Fabulieren erlahmt war. Dann neckte er mich und nannte mich seine Lesemaus. Aber weil keines der Bücher farbiger sein konnte als Großvaters Erzählungen, brauchte er bloß wenige Minuten, bis er mit seinen Wortspielen erneut die heitere Leichtigkeit hervorgezaubert hatte, auf der der fliegende Teppich unserer Geschichten zu schweben vermochte.

Während meine Brüder das Interesse an den abendlichen Großvaterstunden verloren zu haben schienen und immer öfter fernblieben, konnte mich kein noch so wichtiges Ereignis von diesen abhalten. Nun waren wir bloß noch zu zweit, dennoch schien Sidi darüber nicht traurig zu sein. Ich hatte es mir zur Gewohnheit gemacht, vor der Bank meines Großvaters in der Wiese zu liegen. Oft pflückte Sidi einen der blühenden Grashalme, um mir damit sanft über die nakten Fußsohlen zu streichen. Ich wartete jedes Mal schon darauf, denn mit meinem Lachen kitzelte er mich vom geerdeten Leben des Tages hinüber in die Welt der Ideen. Augenblicklich wurden wir beide erfasst vom unsichtbaren, allen Dingen innewohnenden Geist, von jenem Mittelpunkt unseres Seins, der das Zentrum bildete, um das wir uns drehten. Wenn wir nach dem Sonnenuntergang mit dem Schatz einer unserer „Sidi-Ayasha-Geschichten" ins Haus zurückkehrten, fühlten wir uns derart leicht, dass es uns vorkam, als könnten wir abheben, um drüben mit den Falken unsere Kreise zu ziehen.

Wie behutsam Großvater an den Sommerabenden meine jugendliche Seele in die Sprache unseres Volkes einführte, kann ich erst heute als erwachsene Frau erkennen. Wenn über den Bergen das Licht des Abends hinüber ins Grau wechselte, beschrieben wir das Fehlen der Farben mit dem Reichtum jener Aufmerksamkeit, über die allein Kinder der Wüste verfügen. Dass das Arabische neunundneunzig Wörter für die Liebe hätte, für das Göttliche zwischen Mann und Frau, erzählte Sidi mir an dem Tag, an dem Mutter mir das Kopftuch um die Haare band. Meine erste Blutung hatte mich über Nacht zur Frau gemacht.

Ich ahnte nicht, dass es unser letzter Sommer sein würde. Großvater erzählte mir am nächsten Abend, dass ihn in der Nacht der Tod besucht hätte. Er wäre neben ihm auf der Bank vor unserer Wiese gesessen und hätte ihn aufgefordert, mitzukommen. Auf Großvaters Weigerung hin wäre er nach anfänglichem Klagen und Jammern zornig geworden. „Da griff der Tod zu einer List und verwandelte sich in Großmutters Gestalt."

Vor meinen Augen erstand das unscharfe Bild einer zarten Frau, die mich in ihren Händen hielt und sanft hin und her wiegte. „Schwach bin ich geworden", fuhr Großvater fort, „und hätten meine Knie mir nicht den Dienst versagt, ich wäre wohl mitgegangen."

Ich sah, dass Großvaters Hände zitterten. Als er meinem Blick folgte, schob er die Finger ineinander, um ihnen Halt zu geben. Später strich er mir wieder ruhig und sanft über die Haare. „Weil ich zu Boden ging", fuhr Sidi fort, „stach ein Grashalm in mein Gesicht, einer von jenen, mit denen ich dir immer die Worte herauskitzle. Da kam mir der rettende Gedanke. Ich muss ja bei Ayasha bleiben! Großmutter versteht, dass wir noch Zeit brauchen für unsere Geschichten, die die Klammer bilden zwischen Gestern und Morgen. Stell dir vor, als ich dem als Großmutter verkleideten Tod mit meinem Anliegen kam, war meine Stimme vollkommen ruhig. Ich wusste, dass ich ihn überlistet hatte. Er musste auf meinen Wunsch eingehen, sonst hätte er sich augenblicklich verraten und die liebevolle Maske der Großmutter wäre seiner hässlichen Fratze gewichen. Er konnte mich nicht mehr hinüberzwingen. Der Tod sprach mit der sanften Stimme deiner Großmutter ein Wort, nur ein Wort: ‚Sidi‘, sagte er und verschwand."

Von nun an war ich in Sorge um Großvater, und als ich nach jenem Sommer zurück in die Stadt musste, versprachen wir einander, in keiner der kommenden Nächte auf das Dichten zu vergessen und unsere Schatzkisten für das nächste Jahr zu füllen. Großvater tröstete mich: „Es sind ja weniger als tausendundeine Nacht, bis wir uns wieder sehen!"

Ich glaubte fest an die Kraft unserer Vereinbarung mit dem Tod, dass er sich zufrieden geben müsste, solange Großvaters Aufgabe unvollendet war. In den nächsten Monaten aber hatte der Tod so viel zu tun, dass er sein Versprechen vergaß.

Rabenvögel

Niemand konnte sagen, wie lange sie schon schweigend im Laderaum des Kleintransporters zugebracht hatten. Fast schien es, als wären ihnen in der Dunkelheit ihres Gefängnisses Sehkraft und Sprache verloren gegangen. Alle benahmen sich, als gälte es, die Angst bei sich zu behalten. Hielt man still, blieb sie klein, ein einzelner schwarzer Vogel. Tarek wusste genau, wie ihre verängstigten Seelen aussahen. Nicht freilassen durfte man sie, denn sie warteten bloß darauf, übereinander herzufallen, zu allem bereit. Und wenn sie von den anderen erfuhren? Im Tumult der schwarzen Geister könnte Ayasha den einen entdecken, den mit den weißen Schwingen. Was, wenn sie ihn sah? Irgendwo da hinten hockte die diebische Elster, die Tarek überallhin folgte, seit damals, als Alkan ihn gelehrt hatte, klug wie sie zu sein, umsichtig und trickreich. Erneut hörte Tarek die beschwörende Stimme: „Schnell, schneller als die anderen musst du sein!"

Alkan – schon wieder! Gut, dass der Motor alles übertönte. Dennoch erschrak Tarek, denn die Worte klangen laut in seinen Ohren. „Sie werden nur das elegante Gefieder sehen. Es wird sie blenden!"

Unwillkürlich bewegte Tarek die Lippen. Er flüsterte: „Wie schön sie sind!"

Alkan hatte gewusst, dass Tarek die Elstern bewunderte. Natürlich wollte der Junge sein wie sie und der Mann, der an die Stelle des Vaters getreten war, hatte es ausgenutzt. Tarek war bedingungslos ergeben und geschickter als die anderen Jungen, die Alkan auf die Syrer ansetzte. Es würde sich auszahlen, Zeit in ihn zu investieren.

Erst jetzt, in der Dunkelheit des Lastwagens, erfasste Tareks Verstand, was sein Herz schon lange wusste. Mit der Entfernung wuchs die Klarheit und diese schmeckte bitter. Tarek versuchte, das Denken einzustellen. Er konzentrierte sich. Darin war er gut, das hatte er gelernt! Alkan verschwand … Stille … Dann stürzte er in die Scherben seines Gesichts. Er musste an Ajami denken … Alles hätte er getan, alles! Warum hatte Vater das nicht gesehen? Auch von ihm hätte er gelernt, schnell zu sein und klug wie die Elster. Dann … Tarek hatte sich zu wenig im Griff gehabt – Alkan war wieder da: „Du darfst bei mir bleiben. Streng dich an!"

Tareks Ahnung wurde Gewissheit. Den neuen Vater hatte es nicht gratis gegeben. Syrische Pässe waren Gold wert und der Preis stieg. Unter den Flüchtenden gab es noch immer welche, die in der Lage waren zu zahlen, die hofften, gefälschte Pässe könnten ein neues Leben ermöglichen. In der Heimat war mit ihrem Vermögen längst nichts mehr anzufangen. Wertlos war es, denn dort galt eine andere Währung: Bezahlt wurde mit dem Leben!

Jetzt endlich verstand Tarek die Zusammenhänge. Er überlegte weiter. Was hätte ihm dieses Wissen genutzt? Es wäre lediglich ein Hindernis gewesen in seinem Bemühen, Alkans Erwartungen zu entsprechen.

„Du musst sein wie sie!" – Nester plündern.

„Du musst sein wie sie!" – Friss Vogel oder stirb!

Resigniert schüttelte Tarek den Kopf. Was war das bloß mit den Vögeln? Eigentlich hatte er sich immer vor den Krähen gefürchtet. Schrie eine dreimal, bedeutete es den Tod eines Mannes, zweimal, dann starb eine Frau. – Das wusste er von Laith und dieser hatte es von Ayasha. Ayasha … Auch sie mochte die Krähen nicht.

„Mutters Vögel sind die Falken!" Laiths Augen leuchteten dunkel, wenn er von ihnen sprach.

Damals hinter den Brennnesseln des Hauses hatte er das erste Mal von den Falken der Alawiten erzählt, von seinem Urgroßvater und den langen Abenden des Sommers oben in den Bergen. Dass Laith sich so gut erinnerte, war er doch sehr jung gewesen, als sich die Dinge zutrugen! Wahrscheinlich ließen die Erzählungen seiner Mutter bunte und lebendige Bilder entstehen, die klarer und bleibender waren als alles, was Laith selbst erlebt hatte. Ayasha …

„Wanderfalken sind die am weitesten verbreiteten Vögel der Erde", hatte Laith begonnen. Hinter den Brennnesseln waren sie gehockt. Für Ayasha wären sie stark wie kein anderer Vogel. Ayashas Liebe zu den Falken – Laith hatte sie nicht geteilt. Die Jäger der Lüfte waren Mutters Vögel. ‚Sie sind frei, überallhin zu gehen. Sie sind frei und dennoch bleiben sie‘, so dachte Ayasha über die Falken.

Erneut schüttelte Tarek den Kopf und er flüsterte: „Aber auch sie töten."

Traurig horchte er hinüber, dorthin, wo Ayasha saß, unsichtbar, dunkel – im Lastwagen. Konnte sie ihn hören? Tarek spürte eine tastende Hand am Arm. Langsam wanderte sie hinunter zu seinen kalten Fingern. Er wusste, dass es Laith war. Selbst als das Auto bremste, dann stoppte und alle den Atem anhielten, blieb die Hand auf seiner liegen.

Dreimal kam ihre Fahrt zum Stillstand und jedes Mal glaubten sie, jetzt wäre es vorbei. Sie täuschten sich. Niemand kümmerte sich um sie und ihr Pochen gegen die Wand zum Führerhaus blieb unbeachtet. Vielleicht wäre es gelungen, die Plane mit Gewalt zu öffnen. Doch womit? Keiner von ihnen wagte den Versuch. Verzweiflung und Ohnmacht … Lange durfte es nicht mehr weitergehen, denn mittlerweile hatten alle unerträglichen Durst. In der Enge der Ladefläche rückten sie noch näher zusammen, denn im hintersten Eck begann es erbärmlich nach ihren Exkrementen zu stinken. Als sie das vierte Mal anhielten, waren sie todmüde. Niemand rührte sich. Hakim war zwar aufgefallen, dass ihre Fahrtgeschwindigkeit nachgelassen hatte und sie jetzt auf einer holprigen Landstraße unterwegs sein mussten, doch einen klaren Gedanken konnte selbst er nicht mehr fassen.

Plötzlich hörten sie, wie sich draußen jemand an der Plane zu schaffen machte, gleich darauf wurde diese zurückgeschlagen. Sofort strömte frische Nachtluft herein und mit ihr die freundlichste und hellste Dunkelheit, die sie je erlebt hatten. Es gab sie noch, die Welt um sie! Ein junger Mann mit hellen Haaren, den sie noch nie gesehen hatten, deutete ihnen auszusteigen. Jetzt hielt sie nichts mehr, und es war fast wie eine Flucht in der Flucht, die sie nun, alle zugleich, aus dem Lastwagen quellen ließ. Sie mussten erbärmlich stinken, aber der Mann blieb unberührt. Als Ayasha schwankte, ergriff er ihren Arm und führte sie zu Zahira, die sich schon in die Böschung am Straßenrand gesetzt hatte. Die beiden Frauen waren derart schwach, dass ihnen die kalte Luft den Atem nahm.

Hakim hielt seinen kleinen Sohn im Arm. Erst als er sah, dass der Mann sich fürsorglich um die Frauen kümmerte, blickte er sich um und konnte erkennen, dass sie auf einem schmalen Feldweg stehengeblieben waren, der gleich vorne in einen Wald führte. Weit und breit keine Lichter, keine Häuser. Hakim wandte sich wieder den Frauen zu. Da stand der junge Mann direkt vor ihm und reichte ihm eine Flasche voll Wasser. Die anderen tranken schon in gierigen, großen Schlucken. Als der Mann etwas sagte, tat er es in einer Sprache, die Hakim nicht verstand. Offensichtlich hatten sie bei den Pausen neue Fahrer bekommen. Dieser hier hatte ein feines, jungenhaftes Gesicht, und als sich die beiden Männer anblickten, war es Hakim, als sähe er Mitleid in den Augen des anderen. Dieser senkte den Blick und drehte den Kopf in die Richtung, in die sein Arm deutete. Dabei sagte er etwas. Dann wieder – die gleichen Worte. Hakim drehte sich hinüber zum Wald und versuchte zu erkennen, was der Mann gemeint haben könnte.

Er trank und trank. Erst als die Flasche leer war, setzte er sie ab. Noch immer suchten seine Augen. Eben wollte er fragen, wo sie wären, da hörte er, dass der Motor des Lastwagens gestartet wurde. Er fuhr herum. Der Mann saß im Führerhaus des Transporters. Die Windschutzscheibe verbarg sein Gesicht. Offensichtlich hatte er es eilig, denn er nahm sich nicht die Zeit zu wenden, sondern fuhr im Rückwärtsgang den Feldweg zurück.

Erst später, als das Auto hinter den Bäumen verschwunden war, konnte man hören, dass es kurz hielt, umdrehte und anschließend rascher weiterfuhr. An den tanzenden Lichtpunkten im Unterholz war zu erkennen, dass der Mann jetzt die Scheinwerfer eingeschaltet hatte. Noch Minuten, als längst kein Geräusch mehr herüberdrang, beleuchtete das Licht eine nahe Hügelkuppe, die schemenhaft flackerte wie Wetterleuchten.

Tarek, der dem Lastwagen nachgelaufen war, kam zurück und hockte sich mit hängenden Schultern neben Laith ins Gras. Hakim blickte in die Richtung, in die der Mann gedeutet hatte, und überlegte. Die Burschen aus Afghanistan waren offensichtlich schon wieder zu Kräften gekommen, denn sie drängten zum Aufbruch. Der Mann hatte ja gezeigt, wohin sie gehen sollten! Weil Zahiras Baby weinte, mussten sie noch warten, bis die Mutter dem Kind die Brust gegeben hatte und der Kleine friedlich eingeschlafen war. Jetzt endlich half Hakim Zahira auf und nahm ihr den Sohn ab. Schweigend setzte sich der Trupp in Bewegung. Laith blickte zurück und sah, dass Ayasha und Lana ihm folgten. Den Abschluss machte Tarek. Dieser schaute sich um. Laith vermochte nicht zu erkennen, was er sah.

Später lugte ein dünner Mond hinter den Wolken hervor. Gleich nach der Wiese betraten sie ein Feld. Der aufgerissene Acker warf dunkle Schatten, davor erhob sich ein krakeliger Baum, auf dem drei große schwarze Vögel hockten.

‚Solange sie nicht schreien, ist alles gut‘, dachte Tarek. ‚Dreimal nicht und zweimal nicht.‘

Vielleicht waren es ja gar keine Krähen! Er hatte sich etwas zurückfallen lassen. Noch einmal blickte er hinüber zum Vogelbaum. Seine Worte sollten ihn beruhigen: „In der Dunkelheit sind alle Vögel schwarz."

Dort, wo der Weg in den Wald einbog, zögerte Tarek. Dennoch drehte er sich nicht mehr um, sondern stolperte rasch weiter, um wieder den Anschluss zu finden.

Als die Gruppe verschwunden war, plusterte einer der Vögel das Gefieder, kurz, um gleich wieder in die Schlafposition zurückzukehren. In den ausgestreckten Flügeln hatten für einen Augenblick die weißen Federn der Elster aufgeleuchtet.

Rot

Ayasha saß am Boden in der Mitte der Wohnküche. Sie war allein. Die Kälte der Fliesen störte sie nicht. Während sie mit beiden Armen die Knie an sich zog, blickte sie zur Decke. Sie fühlte sich umschlossen von einer Stille, die so vollkommen war, dass sie das Haus atmen hören konnte. Es brachte keine Erleichterung, in der Mitte des Raumes zu sitzen, dort, wo die Wände möglichst weit entfernt waren. Das Geräusch blieb und stets, wenn es kam, erschien auch das Rot …

Jetzt vernahm sie das Kläffen des Nachbarhundes. Erleichtert stand sie auf und trat zum Fenster. Vielleicht kam da wer? – Nein, sie hatte sich getäuscht. Es war erst Vormittag, die Kinder waren in der Schule, Hakim und Zahira zeitig zum Einkaufen in die Stadt gefahren. Es würde noch dauern bis sie zurückkehrten. Erneut hockte sich Ayasha in die Mitte der Küche. Jetzt griff sie mit der Hand in die schmale Falte ihres Rockes, denn es war ihr eingefallen, dass sie darin das Kuvert versteckt hatte. Ayasha hielt in der Bewegung inne und die Hand blieb dort, wo sie war. Heute Morgen war der Umschlag beim Lüften der Bettdecke aus Tareks Schreibheft gerutscht. Statt ihn wieder zurückzulegen, hatte sie den Atem angehalten und gezögert. Was sollte sie mit dem Kuvert anstellen? Augenblicklich war ihr klar gewesen, dass sich darin der Schlüssel zu Tareks dunklem Geheimnis verbarg. Zuletzt hatte sie den Umschlag eingesteckt, in dem Gefühl, dass es falsch war, falsch und ebenso richtig. Erneut wurde Ayasha von Zweifeln geplagt. War es ratsam, hineinzuschauen? Wenig wusste sie von Tarek! Als sie die Hand herausgleiten ließ, blieb das Kuvert in der Tasche des Rockes zurück. Hoffnungsvoll blickte sie hinüber zum Fenster, draußen blieb es still.

In letzter Zeit fürchtete sie die Momente, in denen sie allein im Haus zurückblieb. Die Wände atmeten. Sie drehte sich um. Samir? Da war nichts … Hätte sie wenigstens ein Foto von ihm. Auf dem Handy fanden sich nur Bilder von Damaskus, von den Eltern, einige unbedeutende Schnappschüsse, die eine Freundin zeigten, und eine Aufnahme von Ro, dem Hund. Sidis Hand war darauf zu sehen, wie sie energisch das Halsband umfasste, um zu verhindern, dass der Hund ins Bild sprang. Samir, ihr Mann, fehlte. Sie würden zusammen gehen, wozu ein Foto mitnehmen? Hätten sie geahnt, dass sie getrennt werden könnten, sie wären nicht aufgebrochen.

Ayasha überlegte, wie Samir zuletzt ausgesehen, was er angehabt hatte. Langsam entwickelte sich vor ihren Augen das Bild: der Mann, groß, ein weißes Hemd … Gleich darauf bereute sie es. Sie wusste doch, dass sie es vermeiden mussste, an Samir zu denken! Die Wände atmeten, sie rauschten! Stets begann es gleich …

Ayasha sprang auf. Ob Zahira bald kam? Sie war sich sicher, dass es ihrer Freundin ähnlich erging, dass sie ebenso das Haus hörte. Aber Zahira hatte Hakim. Und sie war stark, trotz der anhaltenden Übelkeit. Täglich telefonierte sie mit Roye. Das half. Jeder von ihnen hatte seine besondere Art, mit dem Weggehen der kurdischen Familie umzugehen. Wenn Laith nach Roye und Goman fragte, tat Tarek unbeteiligt, doch Ayasha wusste, dass er es war, der Laith wieder und wieder drängte. Frag doch! Hast du was auf WhatsApp?

Tarek – sie verstand ihn nicht. Oder doch? Die Kinder trugen den Krieg im Herzen. Das Kuvert brannte in der Rocktasche. Sie fürchtete sich davor, noch einmal hineinzugreifen. Dann … Soll ich? Samir und Tarek … Tarek und Samir … Dunkle Gedanken … Soll ich?

Zahira, wann kam sie endlich? Ayasha wusste, dass ihre Freundin spürte, wie sie ihren Mann vermisste. Doch begriff sie auch, dass, wenn Ayasha seinen Namen aussprach, alles leer blieb, kein Bild von ihm kam? Wieder und wieder versuchte sie es: „Samir." Ihre Augen strengten sich an. Er blieb unsichtbar. „Samir?"

Stille … Atmen … Rauschen … Das Einzige, was kam, war das Rot – zwingend bei dem Wort Samir. Zuerst das Rauschen, dann das Rot. Dunkel legte es sich über alles, was sie sah. Stets begann es links unten. Es wuchs, langsam … leckte gefräßig. Am meisten veränderte es das Grün. Weil es im Boden wurzelte, gab es kein Entkommen. Rot saugte es sich hoch, verzweigte sich über die Äste, bis dunkelrote Bäume den grünen entgegenwuchsen.

Anfangs war mit dem Rot die Panik gekommen und Ayasha hatte versucht, dagegen anzukämpfen. Jetzt wartete sie auf den See, der vor ihren Augen aufstieg, beobachtete ihn, denn sie wusste, dass er, wenn er über ihre Knie gestiegen war und sie noch immer keine Angst hatte, stehenblieb.

Ayasha bereute es, Hakim und Zahira heute nicht begleitet zu haben. „Komm doch mit!" Erneut hatte Hakim versucht, sie aus dem Haus zu locken. „Du hast noch so wenig gesehen! Die Stadt wird dir gefallen, glaube mir."

Fast war sie schon bereit gewesen, mitzugehen. Morgen? Vielleicht morgen.

Ayasha richtete sich auf und trat in den Garten. Gleich fühlte sie sich besser. Ungelenk machte sie die ersten Schritte hinüber zu den drei Beeten ihres kleinen Gemüsegartens. Von den Knien abwärts kribbelte es wie von tausend Ameisen. Um sich Erleichterung zu verschaffen, setzte sie sich neben die Reihe aus Salatköpfen ins Gras und massierte die eingeschlafenen Beine. Dann strich sie sanft über den größten der hellgrünen Salatköpfe. Der Boden unter den Blättern war kühl und feucht. War er bereits groß genug? Christine hielt es für angebracht, bald mit der Ernte zu beginnen, sonst wäre zu viel auf einmal zu essen. Ayasha lenkte die Hand hinüber zu den lila Blüten des Schnittlauchs. Christine war voll der guten Ratschläge: „Wenn du ihn blühen lässt, verholzt er und dann schmeckt er scharf wie Gras." Sie meinte es gut.

Ayasha würde ihr erklären müssen, dass sie auf Samen wartete. Die Vorstellung, etwas von ihrem Tun könnte im nächsten Jahr noch hier sein, schenkte Hoffnung. Unwillkürlich dachte sie an Sidi und schmunzelte. Oft hatten sie mit den Blumen der Bergwiese Schicksal gespielt. Blätterzählen und Musterlegen gehörten zu Großvaters Kunst, anhand der Natur die Zukunft zu deuten. Je älter er wurde, umso sicherer war er sich bei der Auslegung der Vorzeichen. Dabei verlachte er das Würfelwerfen der Dorfleute als dummen Schabernack. Einzig in der Sprache der Natur erschienen ihm das gute wie das böse Omen, in Wolken und Wind, im Vogelflug, in der Blüte der Bäume vor dem Haus und in der Wiese vor ihrer Bank.

Verträumt blickte Ayasha auf und sah Zahiras Sohn neben sich stehen. Überrascht stellte sie fest, dass die Familie von ihrem Stadtausflug zurückgekommen war. Der Kleine zupfte gerne an den lila Blüten. Andauernd musste man ihn vom Gemüsegarten zurückholen. Gerade weil er den Schnittlauch nicht haben durfte, zog es ihn zu diesem hin. Für gewöhnlich verstand Ayasha diesbezüglich keinen Spaß, doch heute lächelte sie, als sie die molligen, ihr entgegengestreckten Ärmchen sah. Die Handflächen zeigten nach oben während sich die kleinen Finger begehrlich öffneten und schlossen, hartnäckig, immer wieder. Ayasha roch ein letztes Mal an den saftigen Gewürzkräutern, die sie liebte, obwohl sie anders schmeckten als die aromatischen Sonnenanbeter ihrer Heimat, halb so intensiv, weniger eingedampft auf das Wesentliche. Sie schmiegte sich dicht an den Boden und atmete tief ein. Dann blickte sie zu dem Bubengesicht hoch und sagte: „Hier tragen die Pflanzen den Segen des Regens in sich."

Drinnen im Haus räumten Zahira und Hakim sicher schon die

Einkäufe in die Regale. Ayasha gab sich einen Ruck. Heute war ein besonderer Tag! Sie drehte vorsichtig an einem der Salatköpfe. Als sie dem Jungen erlaubte, den Salat in die Küche zu bringen, brach er augenblicklich in Entzücken aus. Wie einen Schatz trug er diesen vor sich her. Drinnen aber ließ er ihn fallen, achtlos, denn Christine war gekommen. „Tschüss! Tschüss!", rief er. Die kurzen Beinchen liefen schnell, stolperten und der Kleine landete sanft in Christines Armen. Alle lachten. Keiner der Erwachsenen ging ebenso spielerisch mit der deutschen Sprache um wie der Junge. Wie viel hatte er ihnen im Lernen voraus! Leicht und unbeschwert kamen seine ersten Worte aus dem Mund, die deutschen und die arabischen. Ob es ihm bestimmt war, in zwei Welten aufzuwachsen, im Orient und Okzident? – Inschallah!

Was hatte Hakim zu Christine gesagt? Ayasha erinnerte sich: „Unsere Kinder sind unsere Hoffnung. Sie sind der Grund, weshalb wir hier sind!"

Es war einer seiner ersten Sätze gewesen für die Frau mit den Feuerhaaren.

— - —

Während Ayasha und Zahira die Zubereitung des Mittagessens besprachen, schaltete Hakim den Fernseher ein und ließ sich ins Sofa fallen. Zuvor hatte er sich mit einem Blick zur Küchenuhr vergewissert, dass es noch dauerte, bis die Kinder von der Schule kamen. Zahira war mit dem Kochen beschäftigt. Er war müde und nicht auf Streit aus. In letzter Zeit ging es schnell, dass sie sich in die Haare gerieten, wenn Hakim seine Dokumentationen auf Al Jazeera schaute. Zahira schimpfte, sie wollte das alles nicht mehr sehen. Die Bilder des Krieges – warum sie zurückholen? Sie konnte richtig laut werden, wenn sie sich zankten. Hakim wies sie dann zurecht: „Du bist eine Frau! Das verstehst du nicht!" Gleich tat es ihm leid.

Heute schaltete er den Fernseher nach wenigen Minuten wieder aus. In der plötzlich entstandenen Stille richteten sich alle Blicke auf Hakim, dessen finstere Miene nichts Gutes verhieß. Sorgsam, als wollte sie Zeit gewinnen, wischte sich Zahira die Hände ins Geschirr-tuch und nahm Hakim die Fernbedienung aus der Hand. Ein Knopf-druck – Es lief ein deutschsprachiger Sender, sie verstanden dennoch.

„… Da liegt die Forderung nah, für die abgeschnittenen Gebiete eine Luftbrücke einzurichten, um wenigstens das Nötigste leisten zu können", tönte es aus dem Fernseher.

Ayasha wagte es nicht, hinzuschauen. Hakim und Zahira hat-ten sich vom Fernseher abgewendet und blickten einander in die Augen. Allein Christine sah die Bilder. Die Stimme fuhr fort: „… Das Gebiet, welches die bewaffnete Opposition kontrolliert, sollte in die-sem Monat endlich wieder ein Hilfskonvoi der Vereinten Nationen und des Internationalen Komitees vom Roten Kreuz erreichen. Rund 4.000 Menschen werden in dem Vorort von Damaskus seit fast vier Jahren belagert. Daraja, Madaja oder Zabadani sind wie Dutzende weitere Städte und Dörfer eingeschlossen und werden systematisch ausgehungert, in den allermeisten Fällen von Regimekräften. Wobei die Milizen, die gegen Diktator Assad oder gegeneinander kämpfen, mancherorts nicht weniger zimperlich sind und den Hunger gleicher-maßen als Waffe einsetzen."

Stille. Niemand sprach. Wahrscheinlich hatte Christine den Fern-seher ausgeschaltet, es war auch egal. Samir … Ayasha kämpfte mit sich. Sie zwang sich, an Großvater zu denken. Besser Sidi als Samir. Sidi war tot, daran bestand kein Zweifel. Alhamdulillah[13]! – Das erste

---

13 arabisch / sinngemäß „Gott sei Dank"

Mal empfand sie Trost bei dem Gedanken. Ayasha durfte ruhig an Sidi denken, denn er befand sich in Sicherheit. Großvater hatte stets gewusst, wie die Zeichen zu deuten waren. ‚Sidi, hast du das geahnt? Das auch?'

Ayasha spürte, wie der Druck nachließ, denn jetzt begannen die Bilder zu laufen: Damals im letzten Sommer veränderten sich Großvaters Geschichten. Dunkler wurden sie und Ayasha schien es, als wäre der Untergang ihrer Welt schon in sie hineingewoben gewesen. Wenn Großvater zu traurig war, wurde es nichts mit ihrem gemeinsamen Dichten. Öfter ging er dazu über, einfach eine Erzählung aus „Tausendundeine Nacht" vorzutragen. Das half, selbst wenn die Märchen von Tod und Verderben erzählten. Morgen würde ihnen wieder eine Geschichte einfallen, übermorgen ebenso und … Der Tod musste warten.

Der Tod? Betrüger! Auf den Tod war kein Verlass! ‚Samir, wo bist du?'

Links unten, da war es wieder, das Rot. Wo war Samir? Wo? „Samir!"

Ayasha war sich nicht bewusst, dass sie geschrien hatte. Auch die erschrockenen Blicke der anderen blieben außerhalb ihrer Wahrnehmung, denn sie benötigte ihre ganze Kraft, um den roten See zu bannen. Keine Angst! Keine Angst!

Wie eine Ertrinkende schnappte sie nach Luft. Dann, als griffe sie nach einem Rettungsanker, begann sie zu sprechen: „Einst lebten in einem weiten Tale, das reich an Früchten, Flüssen und Brunnen war, viele Vögel, welche den Schöpfer des Tages und der Nacht priesen. Die meisten dieser Vögel waren Raben, die in Frieden und Sicherheit unter einem von ihrem Geschlechte lebten. Dieser handhabe die Obergewalt mit viel Milde und Güte und beschützte sie gegen die größten Raubvögel."

Ayasha spürte, dass Zahira ihre Hand ergriffen hatte, und blickte auf. Willenlos ließ sie sich zum Sofa führen. Dort gab sie dem sanften Druck nach und setzte sich neben Christine. Obwohl diese keines der arabischen Wörter verstand, hatte sie am Klang der Stimme erkannt, dass Ayasha ein Märchen erzählte. Zahiras kleiner Sohn hockte am Boden und zupfte an den Blättern des Salatkopfes. Ayasha sah, dass diese rot war. „Sprich nicht von den Unglücksraben", sagte Zahira. Dennoch schien sie zu erwarten, dass ihre Freundin fortfuhr. Sie nickte aufmunternd. In der Stille klang Ayashas Stimme brüchig.

„Groß war die Trauer der Vögel, als ihr Anführer starb. Sie versammelten sich, um einen Nachfolger zu wählen. Aber es entstand ein großer Zwist unter ihnen, weil manche wieder einen Raben wählen wollten, andere jedoch nicht. Endlich kamen die Obersten der Vögel darin überein, dass alle einen Tag fasten und am folgenden Morgen bei Sonnenaufgang zur gleichen Zeit in die Höhe fliegen sollten. Wer dann am höchsten flöge, würde König werden. Dies geschah am folgenden Tage. Nach langem Wettflug sahen die Vögel in die Höhe und fanden einen Falken über sie alle hervorragen. Dieser wurde nun einstimmig zum König gewählt. Er übernahm gern die Regierung und versprach, seine Untertanen noch besser als sein Vorfahre zu behandeln."

„Die Falken", sagte Zahira.

Ayasha spürte ihre Erleichterung. Zahira schien sich an ihre Erzählungen von den herrlichen Falken der Alawiten zu erinnern und glaubte nun offenbar an ein gutes Ende der Geschichte. Ayasha war froh, dass Laith noch nicht von der Schule zurück war. ‚Er hasst Falken', dachte sie und erzählte weiter:

„Bald nach seinem Regierungsantritt flog der Falke jeden Tag mit einigen ausgewählten Vögeln zu einer Höhle, fraß dort deren Augen und Gehirn und warf die toten Körper ins Wasser. Die Vögel merkten bald, dass ihre Zahl jeden Tag geringer wurde. Daher gingen sie zum Falken und sagten: „O König! Wir wissen nicht, wie es zugeht, dass wir uns seit deinem Regierungsantritt jeden Tag vermindern. Besonders vermissen wir jene Vögel, die dich als deine Diener umgeben." Der Falke erwiderte zürnend: „Gewiss seid ihr es, die die Vögel aus meinem Gefolge um das Leben bringen, und jetzt fordert ihr sie von mir." Er sprang auf sie los, nahm zehn von ihnen gefangen und ließ sie im Angesicht aller prügeln. Nun bereuten die Vögel, dass sie sich für einen Falken als Anführer entschieden hatten. Wir sind selbst schuld, haben wir doch einen Fremden über uns gesetzt. Mit Recht sagt das Sprichwort: Wer nicht von den Seinigen regiert sein will, der wird vom Feinde tyrannisiert. Nun haben wir keine andere Wahl, als uns zu zerstreuen und in fernen Gegenden einen Zufluchtsort zu finden."

Niemand sprach. Der See war verschwunden und das Grün hatte überlebt, diesmal. Ayasha stand auf und setzte sich zum Kind auf den Boden. Vor dem Buben lagen die Blätter des Salatkopfes, zerpflückt und zu einem Nest gefügt. Wie in einem Bettchen hockte darin der kleine Stoffelefant, den Christine einmal als Geschenk mitgebracht hatte. Unter dem Kopf, den großen Ohren und samtigen Stoßzähnen waren die Blätter klein gezupft und rund aufgebauscht wie zu einem Polster. An dem abgeweideten Salatstrunk hing ein letztes großes Blatt. Ayasha riss es ab und deckte damit den Elefanten zu. ‚Unsere Kinder sind unsere Hoffnung. Sie sind der Grund, weshalb wir hier sind', dachte sie.

Dann fiel ihr ein, dass Zahiras Sohn erst auf der Flucht das Licht der Welt erblickt hatte. Er war kein Kriegskind wie Laith und Lana. Tarek? Jetzt konnte es nicht mehr lange dauern, bis die Schule aus war.

— · —

Der Sommer war da, kaum zu übersehen. Die Kinder des Nachbarn nutzten jede freie Minute, um sich im runden Plastikpool auszutoben. Kreischend zerrten sie sich gegenseitig ins Wasser und entluden ihre Lebensfreude mit gezielten Salven aus ihren Spritzpistolen. An den Wochenenden lag die Nachbarin im Liegestuhl und setzte ihren Bikinikörper der Sonne aus, während ihr Mann lange vor Mittag den überdimensionalen Griller in Gang setzte. Lana beobachtete neugierig das Treiben der Nachbarn, Laith und Tarek hingegen taten so, als nähmen sie nichts davon wahr. Eingeladen, an dem Badespaß mitzumachen, wurden die Kinder nie.

Jetzt, in den Tagen brütender Hitze, in denen am Nachmittag schwallartige Regengüsse übers Land zogen, veränderte sich langsam auch die Wärme, mit der die Menschen miteinander umgingen. Ayasha war, als sei irgendwo im Gefüge ein kalter Riss entstanden. Erklärung dafür fand sie keine. Die Frauen trafen sich im Anschluss an den Deutschunterricht zu Stunden voller Geschichten. Noch immer war es der Zauber der neuen Sprache, der Ayasha die Lippen öffnete.

Zahiras dunkle Augenblicke wurden seltener und mit ihnen die Übelkeit, die wie ein böser Geist ihren Körper besessen hatte. Seit einer Woche musste sie sich nicht mehr übergeben. Hakim verzichtete in seiner Erleichterung darauf, stundenlang vor dem Fernseher zu sitzen. Ayasha fielen seine Blicke auf, die wiederholt an Zahira haften blieben. Es lag etwas Neues in ihnen. Früher, in den Tagen des Streits, waren seine Augen erfüllt von wildem Glimmen gewesen. Unruhe und Hast, sogar Aggression hatten aus ihnen gesprochen. Oft waren Hakims Blicke an Zahira haften geblieben und ihr mit dem Ausdruck sehnsüchtiger Begierde gefolgt. Jetzt hingegen lag in seinen Gesten viel Zärtlichkeit. Ob es die Ruhe im Haus war, die sich nun endlich heilsam auswirkte? Oder war es gar denkbar, dass sie langsam anfingen, sich in der Fremde heimisch zu fühlen?

Woher kam dann die Kälte, die sich eingeschlichen hatte? Da war das leichte Frösteln, das ihnen öfter und öfter den Mund verschloss oder sie zumindest zögern ließ. Selbst wenn sie mit Christine sprachen, gab es Momente, in denen ein Satz in der Mitte abbrach. Es fiel leicht vorzumachen, dass nur die Worte fehlten, um fortzufahren. Ayasha besann sich auf das Gefühl, das sie anfangs gehabt hatte, wenn sie in Christines Augen blickte. Damals war es ihr gewesen, als schaue sie in das Blau des Himmels, das Blau des Meeres – unergründlich und weit. Jetzt verstand sie die Bedeutung von Christines lichter Iris nicht mehr und unvermittelt erinnerte sie sich daran, dass Großvater beim Blau der Kornblumen von der Farbe des Unglücks gesprochen hatte. Dann wieder fielen ihr seine Erzählungen von den blauen Perlen und Steinen ein, die, am Hals getragen, den bösen Blick abwehren! Hatte sich Ayasha bei diesem Gedanken wieder beruhigt, waren es Christines rote Haare, die sie erneut ängstigten. Was war das nun wieder? Flamme, Sonne, Eros, Aufruhr, Sinnlichkeit, Warnung? Es lag nicht an Christine, deren Verhalten blieb verlässlich und unverändert. Dennoch, etwas hatte sich zwischen sie geschoben, Vorsicht und – was war es? Misstrauen? Ja – Misstrauen.

Wenn Ayasha im Grübeln an diese Stelle gelangt war, kreiste alles Weitere um Tarek. Sein Kuvert hatte sie dorthin zurückgelegt, wo es herausgefallen war, in Tareks Schreibheft unter der Bettdecke. Ayasha erinnerte sich genau daran, wie sich der Umschlag angefühlt hatte, zerknittert und ausgebeult. Ihre Finger hatten ihr verraten, darin war noch etwas, nicht bloß Papier. Es wäre ein Leichtes gewesen, nachzusehen.

Sie hätte Tarek fragen sollen! Warum fehlten ihr die Worte, wenn es darum ging, mit dem Jungen über seine Mutter zu sprechen, über das Kuvert? Körperlich waren sie sich nahe gekommen. Sie spürte, wie sehr sich der Junge danach sehnte, in die Arme genommen zu werden. Gestern bei der Leseaufgabe hatte sie seine Hand berührt. Während sie mit den Fingern den Zeilen folgten, war ihre Hand auf der des Jungen liegen geblieben, beiläufig. Beide hatten sie weitergelesen, leise und langsam, und dabei nur noch ihre Hände gespürt. Der Junge vertraute ihr, jeden Tag etwas mehr. Es zog ihn zu ihr hin, aber wenn sie sich in Gedanken nahe kamen, gab es irgendwo eine Grenze und Tarek stieß sie wieder von sich. Konnte er helfen, lag etwas Verzweifeltes in seinen Bemühungen, und die Augen flogen fort, wenn sich ihre Blicke trafen.

— - —

Es war Hakim, dem es am ehesten gelang, Tarek unbeschwerte Stunden zu schenken. Um sich zu beschäftigen, ging er regelmäßig zum Fußballtraining. Den Jungen nahm er jedes Mal mit. Dabei kamen sie mit den Leuten des benachbarten Flüchtlingsquartiers in Kontakt. Tarek kümmerte sich nicht um die Dinge, die sich dort zutrugen. Er war da, um zu spielen. Der Ball und der Junge – sie waren eine Einheit. Fast schien es, als wären die anderen des Teams bloß Beiwerk, das einfach zum Spiel gehörte. Eigentlich ging es vor allem um Tarek, um Tarek und den Ball. Dass der Junge in seiner leidenschaftlichen Spielfreude nie auf die Mannschaft vergaß, freute Hakim. Tarek zeigte Teamgeist. Der dunkle Vogel bekam plötzlich weiße Schwingen. Wie schön, dachte Hakim. Wenn sie am Ende des Spiels die Hände einschlugen, umarmten sich die Männer. Tarek, einer von ihnen, ließ es zu. So geschah es, dass der Junge, wenn sie vom Training nach Hause gingen, ein anderer war, und Hakim beneidete ihn.

Er selbst hatte den Kopf voll, denn die Männer erzählten davon, was sich bei ihnen im Großquartier zutrug. Obwohl den Flüchtlingen jeweils ein arabisch und ein farsi sprechender Betreuer zur Verfügung stand, die beide im Haus wohnten, um bei Konflikten vermitteln zu können, kam es wiederholt zu groben Streitereien. Hakim wunderte sich nicht darüber. Er stellte sich vor, wie es sein musste, keine Kenntnis darüber zu haben, welche Rolle der Mann auf dem Tisch gegenüber im Krieg gespielt hatte. Auf welcher Seite war er gestanden, was war der Frau und den Kindern widerfahren? Die Betreuer bemühten sich, wenigstens bei sprachlichen Barrieren zu helfen, doch gegen das Misstrauen, gerade ihnen gegenüber, waren sie machtlos. Hielten sie auch dicht, wenn es im Haus zu Konflikten kam? Am Ende hatten sie gar die Rolle eines Aufpassers, eines Spitzels?

Der für die farsi sprechenden Hausbewohner zuständige Mann stammte aus Afghanistan und hielt sich schon seit eineinhalb Jahren in Österreich auf. Wegen seiner guten Deutschkenntnisse hatte er im Herbst, beim größten Ansturm an der Grenze, als Dolmetscher gearbeitet. Wer wusste schon, was dort seine Aufgabe gewesen war? Was, wenn er mitgeholfen hatte, die ohne Papiere ankommenden Flüchtlinge nach ihrer Sprache zuzuordnen? „Die können nicht aus Syrien stammen!" – War ihm dieser Satz jemals über die Lippen gekommen?

Mit Christine über diese Dinge zu sprechen, erschien Hakim undenkbar. Obwohl – vielleicht hätte sie verstanden, die Frau mit den Feuerhaaren. Sie war so anders! Einmal hatte sie von sich aus begonnen: „Wenn man zu lange von Gräueltaten hört, verlieren sie ihren Schrecken."

Afghanen und Perser, Pakistani, Iraker und Afrikaner aus unzähligen Nationen – Es war klar, Europa war nicht in der Lage, alle aufzunehmen. Heute musste man schon vor mordenden Banden davonrennen, um sich aus dem Flächenbrand abzuheben. Am medienwirksamsten bluteten Syrer, brannten syrische Städte und hungerten syrische Frauen und Kinder. Ob Christine davon wusste, dass sich Flüchtlinge, die aus Syrien stammten, schon auf dem Weg nach

Europa von äußerst fragwürdigen Landsleuten umringt sahen, deren Dialekt sie zu Hause noch nie vernommen hatten. Wenn sie auf die Heimat zu sprechen kamen, hörten sie zaghafte und vorsichtige Ortsangaben. Die Klügsten schwiegen, um sich nicht zu verraten.

Hakim kannte das unausgesprochene Übereinkommen, diesbezüglich Stillschweigen zu wahren. Doch die Erleichterung, die die Flüchtlinge bei ihrer Ankunft über alle Unstimmigkeiten und Zweifel erhoben hatte, verflog langsam und die Gemeinsamkeit der Flucht wurde nach und nach von Trennendem überlagert. Da gab es plötzlich Vorbehalte und aus der Heimat mitgebrachte Ressentiments. Dass es bereits zu ersten abschlägigen Asylbescheiden kam und zudem schon Rückführungen nach Kroatien durchgeführt wurden, sorgte zusätzlich für enorme Unruhe. Nach einem halben Jahr in der neuen Heimat erhielten die ersten Familien die Auskunft, dass Österreich nicht für sie zuständig wäre.

Hakim empfand es als glückliche Fügung, dass seine Familie in dem kleinen Haus untergebracht war. Dort schien sie eindeutig besser aufgehoben zu sein, besonders jetzt, da Zahira … Vor den Frauen vermied er es, über seine Sorgen zu sprechen. Er schwieg darüber, dass er zunehmend den Eindruck hatte, bei den Gesprächen der Einheimischen ginge es um Dinge, die nicht für seine Ohren bestimmt waren. Vielleicht war dies ja von Beginn an so gewesen, und er begann lediglich mehr zu verstehen. Auf alle Fälle wurde vor den Flüchtlingen nie offen über Politik gesprochen. Hakim schnappte dennoch das eine oder andere Wort auf, dessen Bedeutung sich ihm durchaus erschloss. Und er kannte die eher zurückhaltende Gestik und Mimik der Einheimischen bereits gut genug, um zu erkennen, dass die Meinungen bei den Gesprächen durchaus kontroversiell waren. Um Wahlkampf ging es da, einen neuen Präsidenten, um Rechtsruck und Vaterlandsverräter. Diese Worte fehlten in den Vokabeln, die sie im Deutschunterricht lernten, und Hakim war froh darüber, dass sie Zahira noch fremd waren. Es genügte, wenn er sich selbst Sorgen machte.

Er dachte an Bagdad, die Stadt, in der er Zahira kennengelernt hatte, an Mossul, die Eltern und Brüder. Solange der telefonische Kontakt aufrecht blieb, war alles gut. Sie lebten und mehr durfte er nicht erwarten. Der Rest war Vergangenheit. Hakim kannte die verzweifelten Hoffnungen der anderen. Viele wollten unbedingt daran glauben, dass es bloß eine Frage der Zeit war, bis ihre Familien nachkämen. Aber Zweifel und Vorbehalte wuchsen auf allen Seiten. Am deutlichsten wurden diese, als das Monat des Fastens anbrach. Es verband und trennte zugleich.

— - —

In diesem Jahr fiel Ramadan in den Juni. Mit dem Erscheinen der neuen Mondsichel am Nachthimmel war es soweit. Die Flüchtlinge muslimischen Glaubens stellten tagsüber Essen und Trinken ein. Im Haus hielten sich alle Erwachsenen an die vorgeschriebenen Gebote, auch Tarek und Laith, deren Hunger nie wirklich zu zähmen war. Bei den milden Temperaturen in Österreich fiel es leichter, tagsüber ohne Wasser auszukommen. Fiel Ramadan in der Heimat in den Sommer, wurden die Menschen bei mehr als vierzig Grad im Schatten nicht selten verrückt vor Durst. Hier hingegen kam der Mangel an Beschäftigung erschwerend hinzu. Sekunden dehnten sich zu Minuten, Minuten zu Stunden. Dass sich die Tage endlos anfühlten, lag weniger am weiten Tagesbogen der Sonne als an ihrer Untätigkeit. Langsam vergaß man hier, wie sich ein geregelter Arbeitstag anfühlte. Allein den Frauen, die mit Hausarbeit und Kindern zu tun hatten, verging die Zeit schneller.

Ayasha und Zahira begannen schon um fünf Uhr nachmittags mit ihren aufwendigen Kochvorbereitungen. Wie erleichtert waren sie gewesen, Datteln im Regal des Supermarktes zu finden. Diese durften nie ausgehen! Wenn endlich um neun Uhr abends das tägliche Fastenbrechen stattfinden konnte, war es draußen allerdings noch hell. Die Tage hier dauerten einfach zu lang, um mit dem Essen bis zur völligen Dunkelheit zu warten. Alle fanden sich ein, wenn Ayasha die süßen Früchte der Wüste auf den Tisch stellte. Datteln wurden traditionellerweise am Beginn des ausgiebigen Abendmahls gereicht. Nicht selten dauerte das gemeinsame Essen lang genug, um nahtlos in die zweite Mahlzeit überzugehen. Diese war für zwölf Uhr Mitternacht vorbereitet. In der gelösten Stimmung brauchte es keine Geschichten, um Ayasha den Mund zu öffnen. Die Worte sprangen hin und her wie muntere Ping-Pong-Bälle. In einer dieser Stunden erzählte Zahira von ihrem Geheimnis, das bisher allein Hakim gekannt hatte. Im November würde sie einem zweiten Kind das Leben schenken.

Zu Fuß

Der schmale Mond gab in der klaren Luft der Winternacht gerade so viel Licht, wie sie benötigten, um den Weg durch den Wald zu finden. Weil unklar war, wo man sie ausgesetzt hatte, blieb ihnen nichts anderes übrig, als darauf zu vertrauen, dass die Richtung, in die der Fahrer gedeutet hatte, sie an ein Ziel führen würde. Keiner von ihnen machte sich Hoffnungen, dass Alkan sein Versprechen eingelöst hätte und sie sich bereits an der österreichischen Grenze befänden, am allerwenigsten Tarek. Er kannte die List des Wolfes und ihm war klar, dass sie irgendwo im Niemandsland gestrandet waren. Wie konnte es auch anders sein, hatte es bei dem unfairen Handel doch keinerlei Druckmittel gegeben, die Alkan in die Pflicht genommen hätten. Während die anderen viel zu müde waren, um sich über die Situation Gedanken zu machen, war Tareks Kopf völlig klar. Gerade darum spürte er einen Funken Hoffnung in sich. In der Dunkelheit erschien vor seinen Augen das Gesicht des Fahrers, von dem sie hierher gebracht worden waren, sein Blick, als er ihm die Wasserflasche gereicht hatte. Es war nicht der Wolf gewesen, der ihn da angesehen hatte. Dem war er entkommen und nie wieder sollte er Macht über ihn haben.

Wirklich, Tareks Gefühl erwies sich als richtig. Nach weniger als einer halben Stunde Gehens erreichten sie das Ende des lichten Waldes und erblickten in einer Senke zwischen zwei abfallenden Obstbaumwiesen eine Gruppe von Menschen, die um ein kleines Feuer lagerte. Zwei der afghanischen Männer verließen, ohne lange zu überlegen, die Deckung der Bäume. Hakim reagierte zu spät, denn augenblicklich war man unten auf sie aufmerksam geworden. Zu ihrer Erleichterung erkannten sie, dass es sich um Flüchtlinge handeln musste, um Ausgesetzte wie sie. Die Frauen waren an ihren Kopftüchern als Musliminnen zu erkennen.

Es genügten wenige Sätze, um herauszufinden, dass es sich bei der Gruppe um Kurden handelte, die aus dem Norden des Irak stammten. Die Männer standen auf und boten Zahira, Ayasha und den Kindern einen Platz in der Nähe des kleinen Feuers an. Wenig später wurde in zerdrückten Plastikbechern Tee angeboten. Das dünne Getränk rann süß wie Milch und Honig durch die Kehlen. Während die Frauen sich mit Lana und Zahiras kleinem Sohn in die einzige Decke hüllten, über die sie verfügten, standen Tarek und Laith bald wieder auf, um sich zu den Männern zu setzen. Sie verhielten sich ruhig, um nicht zu den Kindern zurückgeschickt zu werden. Auf diese Weise erfuhren sie, dass sie in Serbien waren, irgendwo nördlich von Belgrad. Wie weit es noch bis Deutschland war, wusste niemand.

Kurz nach Morgengrauen machte sich die kleine Gemeinschaft zu Fuß nach Norden auf. In der Richtung waren sich alle einig. Obwohl sie anfangs Ortschaften mieden, aus Angst, jemand könnte sie aufhalten, fanden sie bald heraus, dass sich ohnehin niemand um sie kümmerte. Die Leute der Dörfer schienen froh zu sein, wenn sie sich nicht aufhielten und setzten ihre Arbeiten unbeeindruckt fort. Bloß die Kinder hatten ihre Freude mit dem durchziehenden Volk und einige von ihnen rannten johlend neben Laith und Lana her. Tarek hingegen näherten sie sich nicht. Fast war es, als fürchteten sie sich vor ihm. Laith glaubte, es wäre die dunkle Haut, die den Kindern Respekt einflößte. Tarek wusste es besser. Er selbst hatte als kleines Kind Dinge gesehen und gespürt, die Erwachsenen verborgen blieben. Wie gut konnte er sich daran erinnern. Solange bloß die Kinder den Vogel sahen, der ihm folgte, würden ihn die Flüchtlinge bei sich dulden. Verzweifelt suchte er nach einer Möglichkeit, sich unentbehrlich zu machen. Etwas musste er tun! Nach langem Grübeln kam ihm der rettende Gedanke.

In der zweiten Nacht schlich sich Tarek ins Dorf, das nahe ihrem Lagerplatz am großen Fluss lag. Als er Stunden später mit Brot, einer dicken Wurst und Käse zurückkam, schalt ihn niemand. Ayasha war zu erleichtert, dass er wieder da war, und die Männer nahmen Tarek und Laith sogar in ihre Gruppe auf. Alle Lebensmittel wurden in passende Portionen geteilt, einzig die Wurst, an der Hakim misstrauisch gerochen hatte, blieb übrig.

Die Tage vergingen mit endlosen Märschen durch ruhige Landstriche. Vom Morgen bis zum Abend – ein Fuß vor den anderen gesetzt und sonst nichts. Alle klagten über Blasen an den Füßen. Einige von ihnen hatten sich während der Nächte unter freiem Himmel schwere Erkältungen zugezogen. In einer Ortschaft ging Hakim in eine „Apoteka", um nach Medikamenten zu fragen. Was er geschenkt bekam, waren Pflaster und ein Päckchen mit Verbandszeug. Gegen den Husten und die Halsschmerzen erhielt er kein Mittel, obwohl die Frau hinter dem Ladentisch ihn sicher verstand.

Nach einer besonders kalten Nacht erwachte Zahira mit Fieber. Hakim war verzweifelt und machte sich große Sorgen. Es half nichts, sie mussten weiter. Unterwegs trafen sie andere Flüchtlinge und sie überlegten, ob sie zusammen weiterziehen sollten. War es besser, als kleine und somit unauffällige Gruppe unterwegs zu sein oder sich zusammenzutun, um sich besser zu schützen? Schützen – wovor eigentlich?

Schlimm waren die Gerüchte, die die Angst steigerten. Was waren das für Menschen, die hier lebten? Alle hatten sie noch Alkans Worte in den Ohren. Die Ungläubigen – Männer, die sich an den Frauen vergreifen … Wer hatte Recht? Die alten Bücher, die ein fortschrittliches, moralisch hochstehendes Europa beschrieben? Die Prediger, die von Ausbeutung und Sittenverfall sprachen, von einem Land, in dem Gastfreundschaft nicht zählte?

Als sie in die Nähe größerer Städte kamen, banden sich auch die Frauen, die bisher ohne Kopfbedeckung gegangen waren, Tücher um die Haare. So fühlten sie sich besser, weil sie die Blicke, die ihnen folgten, nicht zu deuten vermochten. Ab und zu entdeckten sie unter den Flüchtenden schlimm zugerichtete Gestalten: blaue Flecken auf Armen und Beinen, humpelnde junge Männer und notdürftig Verarztete. Frauen mit Verletzungen erblickten sie keine, was aber nichts bedeuten musste, denn viele waren stark verhüllt unterwegs. Wenn sie die Männer fragten, was geschehen sei, antworteten diese, es hätte Überfälle gegeben, zudem wilde Streitereien unter den Flüchtlingen. Deshalb entschied Hakim, allein weiterzugehen und, solange es ging, unbemerkt zu bleiben.

Das Land wurde nun einsamer. In den Wäldern der lieblichen Hügel begegnete ihnen scheues Damwild, in den Bächen schwammen Bisamratten. Einmal querte abends ein Fuchs ihren Weg. Er schien keine Furcht zu spüren und trottete unbeeindruckt langsam weiter. Tarek musste an den zahmen Wüstenfuchs denken, mit dem er zu Hause gespielt hatte. Er erinnerte sich an seine zarten Beinchen, die schwarzen Augen im spitz zulaufenden, sandfarbenen Gesicht und an die überdimensionalen, von weißen Seidenhaaren eingerahmten Ohren. ‚Wie groß die Füchse hier sind‘, wunderte sich Tarek. Dieser war jedenfalls ein prächtiges Tier. Das orange Fell leuchtete wie Feuer und den buschigen Schwanz trug es stolz wie eine Fahne.

Notgedrungen verbrachte die kleine Gruppe die Nächte meist frierend im Freien. Wenn es gelang, ausreichend Zundermaterial zu sammeln, um mit dem feuchten Holz ein Lagerfeuer zu entfachen, war zumindest einem Teil von ihnen etwas Wärme vergönnt. Als besonderes Glück empfanden sie es, wenn sie in einem der aufgelassenen

Klöster Unterschlupf fanden. Einmal schliefen sie in einem steinernen Gewölbe mit uralten Fresken. Die Bilder machten ihnen Angst, obwohl sie nichts Furchterregendes darstellten. Die schweigsame Ayasha beruhigte die Kinder und erinnerte daran, dass es für Christen keine Sünde wäre, Szenen der Bibel bildlich darzustellen. Hakim horchte auf. Es klang, als wüsste Ayasha mehr darüber.

Während ihres Marsches gelangten sie immer wieder an den großen Strom, der sie linksseitig begleitete. Dort, in den Dörfern und kleinen Städten fand Tarek, es sei wieder Zeit, sich als diebische Elster zu versuchen. Der Hunger saß in den Eingeweiden und alle waren auf ihn angewiesen. Als Tarek einmal Dinarmünzen von seinen Streifzügen mitbrachte, war er der Held des Tages. Um sicher zu gehen, dass sie nicht erwischt würden, hielten sich die anderen während seiner nächtlichen Ausflüge mindestens eine halbe Stunde vom Ort des Diebstahls entfernt versteckt. Deshalb war Tarek jedes Mal völlig erschöpft, wenn er nach den langen Tagesmärschen nachts durch die Felder ziehen musste. Die angebotene Hilfe lehnte er allerdings energisch ab. Elstern gingen allein auf die Jagd und schließlich hatte er sein Handwerk gelernt. Außerdem erhöhte ein zweiter Dieb bloß das Risiko. Nur einmal geschah es, dass er seinen Eigensinn verfluchte und sich wünschte, einen der Männer bei sich zu haben. Das war, als es im Unterholz eines Waldes auf ihn zukam wie die wilde Jagd, als Äste brachen, Getöse und böses Grunzen ihn umgaben. Dass es ein einziges Wildschwein war, dem er bei seiner panischen Flucht den eben gestohlenen Brotlaib „opferte", erzählte er niemandem. Er war froh, als seine nächtlichen Streifzüge schließlich nicht mehr benötigt wurden.

An der dichter werdenden Besiedlung erkannten sie, dass sie sich einer großen Stadt näherten. In den Vororten begegneten sie Scharen von Flüchtlingen. Alle waren zu Fuß unterwegs und ihr kleines

Grüppchen wuchs von Tag zu Tag. Die Straßen, auf denen sie marschierten, wurden breiter und waren erfüllt von regem Verkehr. Als sie einmal auf einer mächtigen Brücke den Strom überquerten, fragte Hakim eine Radfahrerin, die abgestiegen war, um sie vorbeizulassen, in englischer Sprache, welcher Fluss dies sei. Die Frau blickte zuerst verärgert, gleich darauf verständnislos. Zuletzt schien sie zu begreifen und der Ausdruck tiefen Mitleids lag in ihrer Stimme, als sie sagte: „Dunav."

Eine Tafel verriet, dass sie in Novi Sad angekommen waren. Hier blieb ihnen nichts anderes übrig, als zwei Tage zu rasten, weil Zahira restlos erschöpft war. In einem leerstehenden Haus, nahe dem Bahnhof, fanden sie Unterschlupf. Weil sich hier bereits andere Flüchtlinge ausruhten, herrschte Platznot und sie konnten sich glücklich schätzen, unterzukommen. Es wurde wenig gesprochen, dennoch erfuhren sie von einer syrischen Familie, dass es bei McDonald's freies W-Lan gäbe. Rasch fand Hakim heraus, wo sich die nächste Filiale befand. Zweimal ging er hin, beide Male erstand er mit den gestohlenen Dinarmünzen den billigsten Burger. Auf die Weise verschaffte er sich Zeit. Zuerst lud er die mitgebrachten Handys auf, die nun wieder einsatzbereit waren. Beim zweiten Mal nutzte er WhatsApp, um Selfies zu verschicken. Novi Sad – so weit waren sie schon! Jetzt wussten die Familien es.

In der Stadt war der Zug der Flüchtlinge derart angewachsen, dass er nicht mehr ignoriert wurde. Hier erhielten sie erstmals Hilfe. Willig ließen Hakim, Zahirah, Ahasha und die Kinder alles mit sich geschehen. Selbst wenn sie die Polizisten, die sie mit Nachdruck auf ein leerstehendes Industriegelände führten, verhaftet hätten, wären sie zu müde gewesen, Widerstand zu leisten. Nachdem ihnen in einer Halle Feldbetten für die Nacht zugeteilt worden waren, führte sie eine freundliche Frau in ein etwas abseits stehendes Haus, in dem sie sich an lange Holztische setzten. Warum ließ man sie nicht einfach schlafen? Tarek und Laith waren die Ersten, die begriffen. Aus einem dampfenden Kessel schöpften sie Gemüsesuppe, um diese gierig in sich hineinzulöffeln. Es war ihre erste warme Mahlzeit seit Wochen. Als alle fertig waren, wies man sie an, sich vor einem kleinen Zelt anzustellen. Drinnen verlangten zwei Männer in Uniform ihre Papiere. Als Hakim und Zahira die irakischen Pässe vorlegten, hielt einer der beiden ihre Identität in einer Liste fest. Ayasha gab wahrheitsgemäß an, dass ihre Pässe auf der Flucht gestohlen worden wären. Die Männer zögerten kurz und winkten sie und die Kinder weiter.

Weil sich Zahira derart schwach fühlte, dass sie die nächsten Tage das Bett hüten musste, waren sie froh, ein Dach über dem Kopf zu haben, obwohl es bloß die Plane eines Zeltes war. Sie erkannten, dass sie an einem Punkt angelangt waren, an dem niemand mehr wusste, wie es weitergehen sollte. Nur die drei Männer aus Afghanistan schlossen sich einer Gruppe an, die sich von Schleppern zur ungarischen Grenze bringen ließ. Für Hakim kam dies nicht in Frage. Nie wieder würde er es zulassen, dass seine Familie in einen Transporter eingeschlossen wurde. Auch wenn sie noch Geld gehabt hätten, die Fahrt zu bezahlen, er hätte seine Zustimmung verweigert. Während er sich in den Nächten den Kopf zerbrach, wie sie jemals von hier weiterkommen sollten, reifte in Hakim der Entschluss, seinen Traum von Deutschland aufzugeben. Unweit von hier war die kroatische Grenze. Dann kam Slowenien. Das war klein und gleich dahinter lag Österreich. Er musste sich eingestehen, dass dieses Ziel realistischer war als Deutschland, denn Google Maps auf dem Handy hatte ihm den Weg gezeigt.

Als nach wenigen Tagen große Busse vor dem Notquartier der Flüchtlinge hielten, die sie zur kroatisch-slowenischen Grenze bringen sollten, konnten sie ihr Glück kaum fassen. In Sichtweite zum

Grenzübergang wurden sie aufgefordert, auszusteigen. Nun ging es zu Fuß nach Slowenien weiter. Der Marsch der Flüchtlinge war zu einem Strom aus Menschen angewachsen. Gleich hinter dem Grenzbalken warteten für den Weitertransport nach Österreich erneut staatlich organisierte Busse.

Ayasha

Sidi, heute Nacht habe ich von Samir geträumt. Dir allein kann ich es erzählen, denn Samir fühlte sich tot an. Damals am Zaun starb er in mir. Heute Nacht aber … er stand einfach da und sah mir zu. In dem Augenblick wusste ich, dass ich träumte. Und dennoch … Ungläubig fragte ich: „Samir?"

Da fielen die Sterne in mich und Samir war einer von ihnen. Er sprang mir in den Nabel, dehnte, zog, groß, größer – springender, lachender Pulsar. Und dennoch verharrte er drüben, verdoppelt, stand da und sah mich im Regen der Sterne. Samir? „Du kannst nicht anders", antwortete er und schmeckte selbst wie ein Stern … kalt.

Sidi, was hat das zu bedeuten? Wie kann es sein, dass er plötzlich wieder da ist, dass er sich anfühlt wie früher, unausweichlich, besitzergreifend? Ein schwarzes Loch war Samir, ein schwarzes Loch ist Samir. Du, Sidi, bist tot und trotzdem lebst du in mir, du und die Geschichten unserer Heimat. Wir sind eins – Menschen und Orte, Gerüche und Geräusche. Während du jederzeit ein Teil dieser Geschichten warst, blieb ihnen Samir fern. Wenn ich jetzt an ihn denke, spüre ich ihn. Kalt, aber er ist da!

Du verbandst mich seit jeher mit dem Gestern und deutetest mir die Zukunft. Sidi, hilf mir auch heute! Erinnere dich! In einem unserer Märchen, die wir erfanden, lebte der Sohn eines Wesirs, der sich unsterblich in eine Prinzessin verliebte. Als der Sultan, der Vater seiner Angebeteten, ihn daraufhin ins Exil schickte, erzählte dieser seiner Tochter, dass ihr Geliebter tot sei. Das Ende für unsere Geschichte kam von dir: Die Prinzessin träumte jede Nacht von dem Mann, dem ihr Herz gehörte, und wusste deshalb, dass er lebte.

Heute Nacht ist Samir gekommen. Endlich! Was hat es zu bedeuten? Du bist ja ebenso bei mir, obwohl … obwohl sich die Bilder von Vater, der deinen leblosen Körper in den Armen hält, unauslöschlich in mein Gedächtnis brannten, auch wenn ich den beißenden Geruch des Rauchs, der vom eingestürzten Dachstuhl ausging, noch immer in der Nase habe. Klar und deutlich sehe ich, dass die Ziegel in der Hitze der Glut über Nacht aufgeplatzt sind, hässliche Risse bekommen haben. Ich weiß noch, am Morgen, wie wir Ro, den Hund fanden, schwarz verklebt von Ruß und Blut. Es war der Augenblick, an dem unsere Welt endgültig zerbrach und Vaters Haare weiß wurden. Wie könnte ich den Tod vergessen, den Betrüger, der versprochen hatte zu warten, bis uns die Geschichten ausgingen? Wie könnte ich? Sidi, du bist tot und dennoch realer als alles, was mich hier umgibt.

Tote leben in mir. Wie kann ich da wie die Prinzessin im Märchen sein, die weiß, dass der Mann, den sie liebt, am Leben ist, bloß weil sie von ihm träumt? „Nicht so schnell, Kind!", sagst du.

Du hast ja Recht. Ich setze mich neben dich auf die Bank. Es ist wie früher. Du legst deinen Arm um meine Schultern und deine sanfte Stimme sagt: „Sieh, dort!"

Was meinst du, Großvater? Du erneut: „Sieh nur!"

Deine Worte kommen von weit her. Jetzt hebst du den Arm und zeigst hinüber zu den Vulkanbergen. Ich folge deinem Blick. Wirklich, da sind sie! Jetzt habe ich sie gesehen, die Falken, vor der untergehenden Sonne. Du nickst zustimmend und deine Stimme klingt nah an meinem Ohr: „Gleich wird die Erde beginnen von innen zu leuchten."

Ja, ich weiß, Großvater. Es wird der Augenblick sein, an dem das Unten spricht und oben der Himmel sich weitet und öffnet, um zuzuhören. Keine Angst, ich habe versprochen, es im Gedächtnis zu bewahren! Wenn ich neben dir auf der Bank sitze, reichen meine Füße nicht bis zum Boden. Meine Beine hängen in der Luft, schaukeln und schwingen und ich kann wenig dagegen tun, will gar nichts dagegen tun. Gleich werde ich fliegen, hinüber zu den Falken, hinein in das verwehte rote Band. „Flieg und warte nicht auf mich!" – Wie könnte ich deine Worte vergessen?

„Meine Zeit als Falke ist vorbei. Jetzt ist es an dir, dich mit ihnen zu erheben."

Ich weiß noch, wie es geht, den Tag hinübergleiten zu lassen, fern und nie gewesen. Sidi, ich weiß es noch.

Einmal, als ich wieder gelandet war, zurück am Boden, erzählte ich dir, dass die Falken in den Augenblicken des Übergangs die Augen schließen. Dass sie vergessen, schnell und klug zu handeln, und auf das Beste in sich verzichten, auf den scharfen Blick ihres Tagwesens. „Sie legen alles ab, was sie stark und zielgerichtet macht, und lassen sich von der sterbenden Sonne hinübertragen."

Großvater, als ich die Tränen in deinen Augen sah, war ich erschrocken und wagte nicht, weiterzuerzählen. An diesem Abend erfanden wir keine Märchen. Wir saßen auf unserer Bank und schwiegen. Aber das, was uns zu Geschichtenerzählern machte, als die wir uns später fühlten, waren die Bilder der blinden Falkenaugen jener Nacht. Mit ihnen hatte ich gelernt, zuzuhören.

Sidi, wie könnte ich es vergessen? Doch heute Nacht ist Samir gekommen. Ich strenge mich an, ihn zu hören! Er spricht nicht mehr, allein meine Falkenaugen sehen, wie er da steht und zu mir herüberblickt. Wenn ich mich abwende, fürchte und hoffe ich zugleich, dass er geht. Drehe ich mich um, ist er noch da. Ich frage, schreie, flehe – er schweigt. Vielleicht muss ich auf die Nacht warten, muss ich sehen, was die Sterne machen. Ob Samir mit mir sprechen wird? Samir, der Stern? „Du kannst nicht anders!", sagte er letzte Nacht.

Sieh nur, Großvater. Bald ist es soweit – das Licht ist der Sonne gefolgt. Lass uns hinunter gehen zum Haus. Sicher ist Großmutter mit dem Abendessen fertig. Wir müssen bereit sein, später, wenn Samir kommt. Wir müssen bereit sein!

Brot

Die Wochen vergingen und sommerliche Hitze lag über dem Land. Längst schon genossen die Kinder ihre Ferien aber die Räume der weggewiesenen kurdischen Geschwister standen nach wie vor leer. Ayasha und Zahira zogen sich in den Mittagsstunden mit den Kindern in die Zimmer zurück. Erst wenn es kühler wurde, erfüllten sie erneut das Haus mit ihrem geschäftigen Tun, denn es war höchste Zeit, mit dem Kochen zu beginnen. Während sich die Frauen wechselseitig irakische und syrische Gerichte beibrachten, die sie mit ausgesuchter Sorgfalt zubereiteten, standen Hakim und die Kinder nur im Weg. In den Stunden bis zum täglichen Fastenbrechen war wenig mit ihnen anzufangen, denn der Hunger hemmte ihre Unternehmungslust.

Obschon im Haus bloß noch drei Erwachsene und vier Kinder zu betreuen waren, blieb alles beim Alten und der Deutschunterricht fand auch in der Ferienzeit regelmäßig statt. Dass Goman und besonders die sprachbegabte Roye den Kindern nicht bloß beim Lernen fehlten, war deutlich zu spüren. Im Haus hatten die Familien jetzt Platz, mehr als sie wollten. Natürlich empfanden sie die Ruhe als wohltuend, und sie sagten sich, Neuankömmlinge würden bloß die Harmonie ihres Zusammenlebens stören. Doch in der Stille lag etwas Beunruhigendes. Sie fanden dafür keine rationale Erklärung, doch die Frauen konnten sich des Eindrucks nicht erwehren, als quäle sich das Haus. Ayasha fiel auf, dass Tarek die leer stehenden Räume niemals betrat. Die dunkle Tönung seines Gesichts verbarg nicht die schwarzen Ringe unter den Augen und sein Wesen war noch unberechenbarer als sonst. Ayasha teilte mit Zahira ihre Sorgen und verriet ihr, dass

Tarek jede Nacht bis zum Morgengrauen mit offenen Augen neben dem friedlich schlafenden Laith im Bett lag und in die Stille horchte. Es wäre, als könnte er etwas vernehmen, was ihr verborgen blieb. Die Frauen blickten sich an. Wie unheimlich! Hakim schüttelte den Kopf, wenn sie versuchten, ihm das Unerklärliche zu erklären. In den leeren Räumen gab es etwas, das anwesend war, gerade weil es fehlte. Zahira fand die richtigen Worte: „Wie ein Phantomschmerz", sagte sie und Ayasha verstand sofort, was sie meinte.

Hakim hingegen fiel es leicht für sein Unbehagen, das er beim Anblick der leeren Räume empfand, sachliche Überlegungen anzuführen. Den Frauen gegenüber äußerte er die Befürchtung, es kämen deshalb keine neuen Flüchtlinge nach, weil der Eigentümer des Hauses das Quartier auflassen wollte. Bedarf an Wohnraum musste es doch geben. Es stellte sich somit die Frage, warum sie allein blieben. Sicher hatte die Kunde vom eskalierenden Streit und der anschließenden Wegweisung in der Ortschaft die Runde gemacht. Ob der Hausbesitzer unter Druck stand und sich womöglich dafür rechtfertigen musste, Flüchtlingen eine Unterkunft geboten zu haben? Obschon die Diskussionen fruchtlos blieben, gelang es ihnen nicht, zu verhindern, dass die Gespräche um die Unsicherheit ihrer nahen Zukunft kreisten. Sie waren Freunde geworden, brauchten einander und befürchteten, getrennt zu werden.

Eine sinnvolle Betätigung hätte vom Grübeln abgehalten. Hakim kam sich nutzlos vor und sein Selbstbewusstsein litt, weil ihm die Möglichkeit fehlte, seine Fähigkeiten unter Beweis zu stellen. Wie gerne hätte er gezeigt, dass er ein gebildeter Mann war. Er hatte Kenntnis davon, dass die gesetzlichen Bestimmungen eine berufliche Betätigung während schwebender Asylverfahren nicht zuließen. Mehrmals war er bei der Gemeinde vorstellig geworden, um sich nach einer unbezahlten Arbeit zu erkundigen. Vielleicht eröffneten sich auf diese Weise Möglichkeiten für später. Sollten sich die Vorschriften ändern, würde er eine zumindest geringfügige Beschäftigung gerne annehmen. Seine Chancen schätzte er allerdings gering ein, denn die Praxis zeigte, dass Flüchtlinge, die christlichen Glaubens waren, bei den wenigen angebotenen Tätigkeiten bevorzugt wurden.

In der Heimat hatte Hakim in seinem Beruf als Lehrer nicht bloß über ein ausreichendes Einkommen verfügt, sondern zudem hohes Ansehen genossen. In seiner gesellschaftlichen Position war es ihm selbstverständlich erschienen, weniger Privilegierte zu unterstützen und Armen zu helfen. Jetzt war er selbst auf Almosen angewiesen. Dankbarkeit und Scham tobten nicht selten in seiner Brust, ein Kampf, bei dem stets offen blieb, welches Gefühl siegen würde. In Österreich, unter Menschen, die ihm und seiner Familie Rettung waren, zwang ihn das Schicksal, die Kunst des Nehmens zu erlernen. Wie eine Übung in Demut erschienen ihm die Fahrten zur Österreichtafel.

Obwohl die Flüchtlinge, gemäß ihrer Tradition, während des Ramadan weniger aßen als gewöhnlich, beteiligten sie sich an den mit Privatautos organisierten Fahrten, um jeden ersten Samstag im Monat die Lebensmittelspende in Empfang zu nehmen. Unglaublich, welche Mengen an Nahrungsmitteln die Mitarbeiter der Caritas zusammengetragen hatten. Hakim fiel es schwer zu glauben, dass derart viel genießbares Gemüse, Obst und Brot weggeworfen worden wäre, hätten die Bedürftigen es nicht benötigt. Abseits stehend entdeckte er ein Grüppchen Einheimischer, das den Flüchtlingen fern blieb. Es stimmte also, dass es hier arme Menschen gab, denen es am Nötigsten fehlte.

Oftmals dauerte es Stunden, bis man bei der Vergabe an die Reihe kam, denn jede Betreuergruppe verteilte Zählkarten, von denen die Wartezeit abhing. Einmal brachte Hakim neben einem Sack voller Lebensmittel Luftballons und fünf gelbe Rosen mit nach Hause. Diese glichen dem Strauß, den Zahira bei ihrer Hochzeit getragen hatte. Sie waren von gleicher Farbe, bloß nicht ganz so prächtig, und nach einem Tag im Wasser der Flasche, die als Vase diente, ließen sie die Köpfe hängen.

Ein Bäcker im Ort zeigte sich hilfsbereit und stellte das am Abend übriggebliebene Brot seines Geschäftslokals zur Verfügung. Die Flüchtlinge durften es kurz vor Geschäftsschluss abholen. Hakim wusste, dass sie im großen Flüchtlingsquartier davon anfangs durchaus Gebrauch gemacht hatten. Als jedoch der Fastenmonat begann, schlief das Interesse ein und der Bäcker blieb wieder auf seinem Brot sitzen. Die Erklärungen, so viel Brot zu essen seien die Flüchtlinge nicht gewohnt, blieben ungehört, und der Mann warf ihnen Undankbarkeit und mangelnde Integrationsbereitschaft vor.

Sogar Christine schien ihre Probleme damit zu haben, in der Situation zu vermitteln. Was sie gar nicht wahrhaben wollte, war, dass Zahira sich trotz ihrer Schwangerschaft an das Gebot hielt, tagsüber weder zu essen noch zu trinken. Obwohl diese erklärte, sie wolle das Fasten nur so lange einhalten, wie sie sich dabei wohlfühle, musste sie sich den Vorwurf gefallen lassen, sie könne ihrem ungeborenen Kind Schaden zufügen. Gerne wäre sie Christines Drängen nachgekommen, tagsüber wenigstens zu trinken, jedoch verheimlichte sie vor Hakim ihr Bedürfnis. Um einer Auseinandersetzung aus dem Weg zu gehen, nahm sie in unbeobachteten Augenblicken einige Schlucke Wasser zu sich. Immerhin war es selbst in der Heimat Schwangeren gestattet, das Fastengebot nicht zu eng zu sehen. Zudem waren kleine Kinder und Kranke von den Vorschriften ausgenommen. Gerade hier aber, in der Fremde, gewann der Fastenmonat an Bedeutung. Neben der religiösen Übung war er Teil ihrer Kultur.

Wie schon während der Flucht stellte sich heraus, dass Ayasha am meisten von der christlichen Religion wusste. Nachdem sie über das

Fasten vor dem Osterfest gesprochen hatten, beklagte sich Laith, dass er in der Schule seinen Verzicht auf Essen und Trinken rechtfertigen musste, und er erzählte von den boshaften Neckereien eines Mitschülers. Während die anderen Kinder der Klasse sein Fasten akzeptierten, seitdem die Religionslehrerin es im Rahmen des Unterrichts besprochen hatte, gab dieser keine Ruhe. Wie eigenartig, dass ausgerechnet der bosnische Junge ihm andauernd seine Semmel unter die Nase hielt und scheinheilig freundlich das Cola mit ihm teilen wollte. Soviel Laith wusste, gehörte dieser doch selbst dem muslimischen Glauben an. Zumindest blieb er dem Religionsunterricht fern und wurde, wie die Flüchtlingskinder, in der Bibliothek beaufsichtigt, während die anderen ihre Stunden mit der sympathischen Religionslehrerin hatten.

Oft bedauerte es Laith, nicht dabei sein zu dürfen. Einmal hatte die Klasse die Religionslehrerin als Vertretung für den erkrankten Geographielehrer. Es war eine Stunde, bei der alle mitmachen mussten, was als willkommene Abwechslung empfunden wurde. Sie lasen gemeinsam in der Bibel einen Abschnitt des Neuen Testaments. Keines der Flüchtlingskinder störte sich daran, denn alle wollten es der jungen Lehrerin recht machen.

Als Laith an diesem Tag von der Schule heimkehrte, hielt er seiner Mutter ein Blatt Papier unter die Nase. Er war aufgebracht. „Warum hat Vater nie gefastet, wie Jesus es getan hat? Hat er nicht behauptet, Christ zu sein?"

In diesem Augenblick erfuhren Hakim und Zahira, dass Ayasha und ihr Mann unterschiedlichen Glaubens waren. Christine nahm das Blatt und begann zu lesen: „Und da er vierzig Tage und vierzig Nächte gefastet hatte, hungerte ihn. Und der Versucher trat zu ihm und sprach: Bist du Gottes Sohn, so sprich, dass diese Steine Brot werden. Er aber antwortete und sprach: Es steht geschrieben: „Der

Mensch lebt nicht vom Brot allein, sondern von einem jeden Wort, das aus dem Mund Gottes geht.[14]"

Christine schaute auf und sah die unausgesprochene Frage in Laiths Augen. Da erklärte sie, dass das christliche Fastengebot in Österreich lediglich von einem kleinen Teil der Bevölkerung eingehalten würde. Es gehe dabei um die Übung im Verzicht, die oft mit Religion wenig zu tun habe. Fleischfasten, Schokolade- und Kaffeefasten, Nikotin-, Alkohol-, ja selbst Fernsehfasten gäbe es hier. Bei Christines Worten mussten alle lachen. Dann, nach einem Augenblick des Nachdenkens, überlegten sie, was ihnen wohl am schwersten fiele, müssten sie darauf verzichten. Bei Tarek kamen alle auf das gleiche Ergebnis: „Fußballfasten", sagte Laith und selbst Tarek schmunzelte.

An diesem Abend hörten sie keines von Ayashas Märchen. Noch lange, nachdem die Kinder längst das Interesse an dem Gespräch verloren hatten und hinaus in die warme Nacht des Gartens gegangen waren, erzählte Ayasha von Samir, von der Liebe zwischen der Muslimin und dem Christen. Einzig in der Anonymität der Großstadt Damaskus war es ihnen gelungen, unauffällig zu bleiben. Dort hatten sie nach außen hin das Leben einer muslimischen Familie geführt, denn Verbindungen unter den Religionsgruppen waren tabu. Christen hingegen, die unter sich blieben, und selbst Juden waren in der Stadt geduldet, trotz des langjährigen Krieges mit Israel. Dann kam der Bürgerkrieg und alles änderte sich.

„Es ist deine Pflicht zu erzählen!", sagte Christine, als Ayasha geendet hatte. Zahira sah, dass die wasserblauen Augen der jungen Frau übergegangen waren. „Es ist kein Märchen", Christines Stimme klang brüchig, „aber du wirst eines daraus machen."

---

14 5. Mose 8,3

In diesem Jahr dauerte der Sommer besonders lang. Noch im September, als die Ferien zu Ende gingen, brannte in den Mittagsstunden die Sonne unbarmherzig vom Himmel. Sie war eine weiße Scheibe, die eine stärkere Glut entfachte als in den drückenden Augusttagen. Damals hatten schwere Gewitterwolken bereits am frühen Nachmittag die Sonne verdeckt, um sich wenig später in heftigen Stürmen zu entladen. Temperaturstürze waren die Folge gewesen und den anschließenden Nächten fehlte die Magie des warmen Mantels, der sich zu Hause in der Finsternis über das Land legte.

Zweimal geschah es in diesem Sommer, dass sich aus einem gelben Wolkengebirge ein Eisvorhang aus Hagelkörnern herabsenkte. Hühnereiergroß prasselte es mehr als eine viertel Stunde herunter. Auf dem Dach des Hauses krachte es ohrenbetäubend und angsterfüllt hofften alle, dass die Fensterscheiben hielten. Als es vorbei war, musste man nicht warten, bis die Körner geschmolzen waren, um zu sehen, was das Unwetter draußen angerichtet hatte. Der Fliederstrauch im Nachbargarten stand nackt und reckte seine schwarznassen Äste anklagend in den Himmel. Das Laub lag zwischen den abgeschlagenen Zweigen zerfetzt im Gras.

Zweimal zeigte der Sommer sein kriegerisches Gesicht, zweimal erholte sich die Natur. Im Oktober begannen die Sträucher der Gärten frühlingshaft zu blühen. Die Gerüche allerdings verrieten den Herbst, dessen Tage kürzer wurden, und Ayasha stellte fest, dass die Luft wieder klar war wie zu Hause in den Bergen. Nachts erschienen die glimmenden Stecknadelköpfe der Sterne und der Mond stieg höher und höher, als wolle er den flacher werdenden Bogen der müden Sonne ausgleichen. Oft beobachteten die Frauen Kondensstreifen, die den Himmel kreuzten. Ins dunkle Blau zeichneten sie für kurze Zeit weiße, zweistrahlige Sterne, die sich noch nicht aufgelöst hatten, wenn bereits das nächste silbrige Flugzeug auftauchte.

In einem dieser Augenblicke wurde Ayasha der Stille gewahr, die im Himmel herrschte, seitdem die Zahl der Vögel abgenommen hatte. Jetzt, im Herbst, wenn in der Heimat die Gäste aus dem Norden erwartet wurden, zogen die Zugvögel hier fort. Zahira kannte viele Vogelnamen von den Spaziergängen der Frauen. Bereits im August hatte sich das Schreien der Mauersegler gelegt. Dann sammelten sich die Schwalben in Zeilen auf den Stromleitungen. Von Christine hatte sie erfahren, dass Buchfinken, Meisen und Amseln den Winter hier überdauerten. Doch den Frauen schien es, als müssten alle Vögel fortgezogen sein. Allein die Raben hockten zwischen den Stoppeln des abgeernteten Feldes.

Ayasha fiel auf, dass Tarek ebenso den Himmel beobachtete, Tag und Nacht. Wenn er in der Dunkelheit mit offenen Augen im Bett lag und zum Fenster hinsah, war ihr, als folgte sein wacher Blick dem Sternenhimmel, der sich um den Polarstern drehte. Am Tag schien er etwas zu suchen, oben im Weiß der Wolken und im dunklen Blau des Herbsttages. „Nur noch die großen Schwarzen sind hier", sagte Ayasha einmal, als sie seinen suchenden Blick wahrnahm.

Tarek wusste, was sie meinte: Die Unglücksraben waren geblieben. Er legte seine Hand auf Ayashas Schulter und für beide fühlte es sich an wie eine Umarmung.

„Aber die Elstern sind weg", hörte sie den Jungen sagen.

Österreich

Die Fahrt durch Slowenien verlief ohne Aufenthalt und dauerte weniger als zwei Stunden. Zu Mittag fuhr der Bus in Sentilji auf einen großen Parkplatz, um in einer Reihe von weiteren Bussen zu halten. Im Zeltlager, das die Flüchtlinge aufnahm, waren bereits mehr als tausend Menschen untergebracht. Alles schien gut organisiert zu sein und die Zuteilung der Feldbetten verlief reibungslos. Ein Tumult entstand nur dort, wo Menschen, die zu Fuß ankamen, an der Absperrung Einlass forderten. Sie wirkten erschöpft und verwahrlost. Die Strapazen der Flucht hatten in den Gesichtern deutliche Spuren hinterlassen. Viele froren erbärmlich, weil Kleidung und Schuhe, die sie trugen, keineswegs den winterlichen Temperaturen entsprachen und zudem durchnässt waren. Einige Jugendliche machten lauthals auf sich aufmerksam, doch Soldaten hinderten sie daran, durchzubrechen.

Hakim hatte bei der Ankunft beobachtet, dass sich am Rand des Lagers ein kleines Feldlazarett befand, in dem eine junge Ärztin die Erstversorgung der Kranken übernahm und die Eltern kleiner Kinder Windeln abholten. Im Zelt warteten auf die Flüchtlinge warme Decken und Tee stand in Thermoskannen bereit. Wer Hunger spürte, brauchte sich bloß bei der Essenszuteilung im Hauptzelt anzustellen, denn dort erhielt man Gemüsesuppe und Brot, so viel man wollte. Weil laufend neue Flüchtlinge eintrafen, war den Einsatzkräften keine Pause vergönnt. Als es finster wurde, kamen zwar keine Busse mehr an, aber Ruhe herrschte noch lange nicht.

Während Hakim, Zahira und ihr kleiner Sohn bereits schliefen, saßen Ayasha und die Kinder in graue Wolldecken gehüllt auf ihren

Betten und überlegten, was am nächsten Tag auf sie zukäme. Laut Ankündigung bei der Aufnahme im Lager, sollten sie schon morgen nach Österreich weitergeleitet werden.

In jener Nacht erfuhr Tarek, was er wissen musste, um bei der Einreise als Ayashas Sohn durchzugehen. Er müsse sich keine Sorgen machen, beruhigte ihn Laith. Tarek versuchte, in Ayashas Augen zu lesen. Ayasha – seine Mutter! Sie war die einzige, die er je gehabt hatte. Es musste klappen! Wenn Tarek sich alles genau merkte, würde es morgen an der Grenze gut gehen.

— - —

„Tarek, hör genau zu. Sie werden Fragen stellen. Vielleicht schon morgen."

Laith sprach mit erhobener Stimme. Er machte eine Pause und schien zu überlegen, wo er anfangen sollte. Vater? Damaskus? Endlich fasste er einen Entschluss: „Von Sidi habe ich dir schon erzählt. Weißt du noch, damals hinter den Brennnesseln, beim Haus an der Grenze? Jetzt wirst du hören, wer Samir war, unser Vater. Mutter wohnte bereits in Damaskus, wo sie ihre Ausbildung zur Lehrerin machte. Auf der Universität lernte sie Vater kennen."

Sanft legte Laith seine Hand auf Ayashas Schulter und deutete ihr, an seiner statt fortzufahren. Er erreichte bloß, dass die Mutter müde den Kopf hob. Im selben Augenblick streifte ihr Blick Tarek und sie las in seinen Augen die unausgesprochene Bitte. Endlich begann sie, langsam, sehr langsam: „Samir hatte am Institut für Kunstgeschichte eine Dozentenstelle inne … Ich musste einige Kreativfächer belegen. Warum er unter den vielen Studenten und Studentinnen ausgerechnet mich im Hörsaal bemerkte … Warum mich? Ich weiß es nicht, aber es geschah. Augenblicklich wussten wir, dass wir zusammengehörten."

Ayasha lächelte, als sie schwieg. Gleich darauf – es war so schwer, sich zu erinnern … Der Gedanke an Samir erstickte ihre Stimme, doch Tarek musste Bescheid wissen. Kaum hörbar fuhr sie fort: „Mein Vater lebte den Traum der arabischen Märchen, in denen nichts die Sprache des Herzens übertönt. Als Samir ihn bat, mich zur Frau nehmen zu dürfen, wog unsere Liebe schwerer als der Umstand, dass Samir Christ war. In den intellektuellen Kreisen, in denen unsere Familie verkehrte, herrschte ein westlicher Lebensstil, der Religion zur Privatsache machte. Fragen des Glaubens hielt man aus den Gesprächen heraus."

Ayasha hielt erschöpft inne. Laith sah, dass die Kräfte seiner Mutter nachließen. Sie durfte nicht aufhören! Ob ihr etwas einfiele, wenn er sie erinnerte? Er musste es versuchen: „Ihr hattet eine schöne Zeit, Vater und du! Damaskus war eine Weltstadt, die viele Touristen anlockte. Oft hast du davon erzählt, das sie anders war, als ich sie kenne."

Als Ayasha fortfuhr, blickte sie in Laiths Augen, ohne ihn zu sehen: „Schon damals war es besser, darauf zu achten, was man sagte, und wir fanden es sicherer, Samirs christlichen Glauben zu verheimlichen. Als ihr Kinder klein ward, kümmerte sich kaum jemand um die religiösen Praktiken der anderen. Später gewannen die Prediger an Einfluss. Für sie galt eine Ehe wie unsere als Religionsverrat."

Tarek blickte hinüber zum Bett, auf dem Ayasha saß. Ob das der Grund war, warum sie schließlich Damaskus verlassen hatten? Er sah, wie Ayasha sich aufrichtete, um zu sprechen. Ihre Stimme klang rau, als kämen die Worte von weit her: „Wir lebten im Ostteil der Stadt, in zwei Räumen eines Hauses, gemeinsam mit zwölf anderen Familien. Uns ging es gut, weil wir im ersten Stock wohnten und unsere Fenster hinunter in den kühlen Innenhof blickten. Früher hatte sich darin ein vornehmer Garten befunden, was an den heruntergekommenen Einfriedungen der Blumenbeete zu erkennen war. Jedes Mal, wenn wir hinunterschauten auf den zerschlagenen Brunnen, der schon lange kein Wasser mehr gab, erzählten wir uns Geschichten vom Leben der glücklichen Menschen, die hier gewohnt haben mussten. Dann flog unser Lachen frei hinaus in den Himmel. Und weil wir uns das Glück oft und oft herbeierzählten, kam es auch zu uns, später, als wir Eltern wurden, als ihr beide, Laith und Lana, auf die Welt kamt."

Ayasha blickte Tarek direkt in die Augen. Ihr Blick war klar, als sie fortsetzte: „Das ist der Moment, in dem du, Tarek, in unsere Geschichte kommst. Du, unser zweiter Sohn, der nicht einmal ein Jahr nach Laiths Geburt zur Welt kam. Mach dir keine Sorgen wegen deiner dunklen Haut. Im Süden unseres Landes leben Menschen, in denen das Blut Afrikas fließt. Der Ururgroßvater meiner Mutter lebte in einem kleinen Dorf an der Küste Tansanias. Unter meinen Vorfahren sind Menschen, schwarz und schön wie die Nächte Arabiens. Wenn man mich fragt, werde ich sagen: „Das Schwarz deiner Augen ist ein Geschenk, weil du das einzige meiner Kinder bist, das mich mit dieser Seite meines Wesens verbindet."

Tarek, hör zu, damit du beschreiben kannst, wie ihr, meine Söhne, am Abend bei den Männern an der Straßenseite des Hauses hocktet. Diese lag schon im Schatten, und ihr knacktet dort Pistazienkerne und schlürftet Tee, während über Allah und die Welt gesprochen wurde. Ich werde bestätigen, dass Samir euch nie wegschickte, wenn die Männer schließlich ihre Wasserpfeifen holten, um das Ausklingen des Tages würdig zu zelebrieren.

Aber du musst auch wissen, wie es geschah, dass unsere Welt Risse bekam. Als Samir wiederholt beruflich in Homs zu tun hatte, fielen erste Schatten auf unser lichtes Leben. Wenn man uns fragt, überlass es mir, von Vaters Reisen zu berichten, von der Stadt im Norden, die 2010 endgültig zur Protesthochburg gegen die Regierung von Baschar al Assad wurde. Viele der Studenten gingen in Homs damals auf die Straße. Auch Samir spürte das Feuer der Rebellion in sich. Für einen Christen wie ihn hätte es Argumente gegeben, dem Regime dankbar zu sein, galt der Präsident doch als Schutzherr der christlichen Minderheit. Hinter den Gräueltaten der Mitglieder der Baathpartei[15] aber stand der Familienclan von Assad.

Während der Angriffe der syrischen Armee im folgenden Jahr war Samir glücklicherweise zu Hause in Damaskus. Doch beim Panzerangriff im Februar, zwei Jahre später, der über zweihundert Menschen das Leben kostete, hielt er sich in Homs auf. Laith, weißt du noch? Kannst du dich erinnern? Unsere Angst um Vater? Fast wäre ich verrückt geworden!"

Als Ayasha fortfuhr, sprach sie mehr zu sich selbst als zu den Kindern: „Als selbst bei den kämpfenden Parteien Gut und Böse kaum mehr auseinanderzuhalten waren, setzte Samir seine Fahrten nach Homs fort, um seine Zusammenarbeit mit dem dortigen Institut zu intensivieren. Er wollte es nicht wahrhaben, dass rund um ihn alles im Feuer des Hasses aufging. Sogar die Faruq-Brigaden[16], die als bewaffnete Rebellen das Regime bekämpften und eigentlich Vaters politische Ziele verfolgten, entpuppten sich als äußerst zweifelhafte Freunde. Sie standen nämlich im Verdacht, in den christlichen Vierteln von Homs eine Extrasteuer für Nicht-Muslime einzutreiben. Später erzählte man sich, dass sie das Eigentum der geflohenen Christen beschlagnahmten.

Die größte Gefahr allerdings ging von den Terrorbanden des IS

---

15 arabische, sozialistische Partei, die Syrien unter Baschar al-Assads Führung de facto zu einem Einparteienstaat machte
16 bewaffnete Rebellenorganisation, in der syrischen Stadt Homs wenige Wochen nach Ausbruch des Bürgerkriegs gegründet

aus. Vor ihnen konnte man nirgends im Land sicher sein. Samirs wissenschaftliche Fahrten nach Palmyra wurden zunehmend gefährlicher. Doch erst, als die Kampfhandlungen zunahmen und die Bewohner von Homs eingeschlossen wurden, gab er meinem Flehen nach. Was blieb ihm übrig, als sich in Sicherheit zu bringen? Das war er seiner Familie schuldig!"

Ayasha schüttelte den Kopf. Ihre Augen wanderten von Tarek zu Lana, zu Laith und wieder zurück: „Ihr könnt sagen, dass es seine Kinder waren, die verhinderten, dass er sich den Kämpfenden anschloss, seine Kinder, für die er am Leben bleiben wollte."

Jetzt schwieg Ayasha. Sie spürte, wie sich Müdigkeit auf ihre Gedanken legte, wie die Bilder in das Dunkel des Vergessens zurücksanken. Schnell, sie musste sich beeilen. Tarek sollte noch einiges wissen: „Unser Zuhause veränderte sich langsam, doch unwiederbringlich. Damaskus war schon lange nicht mehr sicher, am wenigsten für Samir, denn Verhaftungen von Regimekritikern waren an der Tagesordnung. Die Angst lebte unsichtbar zwischen den Wänden unseres Hauses. Sie frühstückte mit uns, ging mit eurem Vater zur Arbeit und wartete mit mir zu Hause, bis Samir abends zurückkam. Spät in der Nacht, wenn es endlich wieder kühler war, ging sie mit uns zu Bett. „Unser Volk ist verloren", sagte Samir in einer der letzten Nächte in unserem Haus und: „Sieh nur, was sie aus uns gemacht haben!"

Als wir unser Leben in Damaskus aufgaben, verabschiedeten wir uns nicht von unseren Freunden, weil wir glaubten, im Land bleiben zu können und in Großvaters Dorf, hoch oben in den Alawiten, Unterschlupf zu finden. Wer in Damaskus gelebt hat, den lässt die Stadt nicht mehr los. Wie hätten wir sie endgültig verlassen können?

— - —

Nachdem Ayasha geendet hatte, fand Tarek keinen Schlaf. Zeitig wurden die Flüchtlinge geweckt. Als Frühstück bekamen sie heißen Tee und dunkles Brot, das erdig und fremd schmeckte. Dann warteten sie auf den Befehl zum Aufbruch, der jeweils kleineren Gruppen erteilt wurde. Im Niemandsland zwischen Slowenien und Österreich lagen Berge von Müll zu beiden Seiten der Straße. Sie machten klar, dass hier schon viele durchgezogen waren.

Vor den österreichischen Grenzgebäuden drängten sich hunderte Menschen. Anfangs herrschte noch Ruhe, erst später kam es vorne zu Tumulten. Plötzlich war der Druck weg und es ging weiter. Wie eine Welle aufgestauten Wassers ergoss sich der Menschenstrom ins Land. Hakims und Ayashas Familien hielten sich an den Händen, um sich nicht zu verlieren. Die Grenzbeamten und Soldaten versuchten, der Unordnung Herr zu werden. Die meisten der Flüchtlinge hielten sich an die Anordnungen und ließen sich in die Zelte führen, wo Fingerabdrücke genommen wurden. Wer Papiere hatte, wies diese vor, die anderen gaben mündlich an, aus welchem Heimatland sie stammten. Als sie aufgefordert wurden, die Route ihrer Flucht anzugeben, verstanden sie nicht, warum diese Information wichtig war. Erst viel später begriffen sie, dass es dabei um die Ermittlung des Erstaufnahmelandes ging.

An der Kontrollstelle stand ein junger Mann, der arabisch sprach. Seine Englisch-Übersetzungen der Angaben der Flüchtlinge waren derart schlecht, dass Hakim aushelfen und richtigstellen musste. Seine eigene kleine Familie wurde problemlos weitergeleitet und auch Ayasha hatte, trotz fehlender Papiere, bei der Angabe ihrer Personalien keine Schwierigkeiten: Ayasha Al Karky aus Syrien, zwei Söhne, Laith und Tarek, eine Tochter, Lana, Vater der Kinder unklaren Aufenthalts. Der 2. November 2015 war jener Tag, an dem Europa das erste Mal ihre Anwesenheit dokumentierte.

Das Aufnahmelager, in dem sie die ersten Tage in Österreich verbrachten, ähnelte dem in Slowenien. Sie wurden aufgefordert, den ihnen zugeteilten Platz nicht zu verlassen und zu warten. In der zweiten Nacht hörte Hakim, dass sich viele aufmachten und zu Fuß weitergingen. Ob sie den Weg nach Deutschland kannten? Wussten sie, wie weit es war? Nach Norden, sagten sie, alles Weitere würde sich finden. Hakim musste Zahira und Ayasha nicht davon überzeugen, dass es für sie besser wäre, in Österreich zu bleiben. Auf der Fahrt hatten sie liebliche Weinberge gesehen, jetzt die freundlichen Menschen im Lager. Das war mehr, als sie erwarten durften.

Welches Land das Ziel ihrer Flucht sei, waren sie bei der Erstaufnahme gefragt worden und alle hatten Österreich angegeben.

Ayasha

Sidi, Samir war nicht bei dir? Großvater sprich! Du hättest es mir gesagt, wäre er gekommen, der Tote zum Toten! – Ja, Samir lebt, sonst hätte er dich besucht. Samir lebt!

Heute bin ich meinem Gefängnis entkommen. Tarek nahm mich an der Hand und wir gingen los, einfach so. Andauernd musste ich an Samir denken. Die Welt hatte sich die ganze Zeit weiterbewegt. Jetzt sah ich es.

Wir wanderten die Wege entlang, auf denen Zahira mit Christine oft unterwegs ist, durch die Wiesen hinüber zum Wald. In den Gärten blühten zart gelbe Sträucher – übermütiger Oktober-Frühling nach dem Hagel des Sommers. Tarek zeigte mir den wilden Wein, der mich nicht ängstigte, obwohl er rot war. Der Junge wunderte sich, warum ich derart strahlte. Alles musste ich angreifen, umarmen, riechen. Tarek und ich, wir sind zwei Wesen voller Geheimnisse, einander fremd und gerade darum verbunden. Er freute sich mit mir und alles veränderte sich. Als er eine Blüte aus dem Purpursee pflückte, verwandelte sie sich in eine Rose. Der Apfel, in den er biss, hatte freundliche, rote Wangen und schmeckte süß wie das Leben. Rot ist die Farbe der Liebe, denn Samir lebt.

Ich ging nach draußen und betrat mein Innen. Der Tod hat keine Macht mehr über mich! Sidi, wenn ich schreibe, zwingt mich etwas, aufzustehen und zu gehen. Es sind Wege, die, rückwärts begangen, über brennende Hügel führen, über unsicheren Boden, der kurz davor ist, aufzubrechen. Dunkle Doppelgänger begleiten mich und schimmernde Lichtgestalten. Ich weiß, es sind meine Toten, die mit mir unterwegs sind. Samir ist keiner von ihnen. Gerade darum, drängt es mich zu ihnen. Sie sind nicht böse, bloß traurig. Ich hingegen kann mein Glück kaum fassen. Weil ich sie trösten will, zeige ich ihnen, wie man durch geschlossene Falkenaugen blickt. Ein letztes Mal vergewissere ich mich, keiner von ihnen ist Samir, keiner!

Als Tarek und ich nach Hause kamen, dunkelte es bereits. Die Kälte der aufziehenden Nacht saß uns in den Gliedern und wir zitterten. Keiner von uns hatte beim Weggehen daran gedacht, sich warm anzuziehen. Laith und Lana, Zahira und Hakim stellten keine Fragen. Was gab es schon zu sagen? Wie hätten sie wissen sollen, dass ich mit Tareks Hilfe den roten See besiegt hatte? Selbst Tarek verstand nicht, obwohl er dabei gewesen war. Ohne ihn wäre ich ertrunken. Irgendwann wäre ich ertrunken.

Der Spiegel

Tarek blickte zum Fenster, das weit offen stand. Von seinem Bett aus sah er den Wind mit den Vorhängen spielen und hinter dem durchsichtigen Stoff tanzten kleine, gelbe Blätter. Eines von ihnen verirrte sich ins Zimmer. Unvermittlet stürmte es herein und eine Windböe öffnete einen Spalt hinauf in den dunkelblauen Himmel. Weiß standen darin Linsenwolken, scharf gezeichnet wie schmale Fische.

Hitzig blies es heute, hitzig wie sein fiebriger Kopf. Woher der Wind bloß die Wärme nahm? Die Sonne konnte es nicht sein, überlegte er, denn dieser fehlte es an Kraft und sie wirkte müde und alt. Der Wind? Sein Kopf? Tarek verstand nicht, warum sein Bett schwankte. Er lag regungslos und blickte hinauf zur Zimmerdecke. Das Haus drehte sich. Oder drehte er sich selbst, der Kasten, die Wand? Tarek versuchte, sich auf den schmutzig-roten Punkt am Rande seines Gesichtsfelds zu konzentrieren – Blut, das vom Tod einer der Stechmücken des Sommers erzählte. Es gelang ihm nicht, den Fleck ruhig zu halten.

„Du bist krank", hatte Ayasha in der Früh gesagt, als ihm beim Aufstehen die Beine weggebrochen waren. Sie hatte ihn mit besorgter Stimme aufgefordert, im Bett zu bleiben, ihre kühle Hand auf seiner Stirn … Gestern, beim Spaziergang – Ayashas Hand in seiner … Beide hatten sie nichts von der Kälte wahrgenommen. Erst kurz vor dem Haus waren ihnen die eiskalten Zehen aufgefallen, der schmerzende Hals. Wie Ayasha über den Nebel gelacht hatte, der beim Atmen von Mund und Nase hochgestiegen war. Dann Zahiras Tee – Tarek spürte ihn noch herrlich warm in die Kehle rinnen.

Der blutige Tod an der Wand kreiste noch immer. Tareks Augen folgten der schlingernden Bewegung. Jetzt vernahm er, wie Ayasha unten in der Küche mit den Töpfen hantierte. Er schloss daraus, dass sie mit dem Kochen begann. Obwohl ihm bei dem Gedanken an Essen augenblicklich Übelkeit überfiel, machte sich in ihm mit Ayashas Bild wohlige Ruhe breit. Jetzt hatte er Gewalt über das blutige Tanzen neben seinem Kopf.

Ayasha kochte und heute würde es ein Festessen geben, heute, an Laiths Geburtstag. „Dreizehn Jahre – ob ich auch schon so alt bin?"

Der süßliche Duft von Fladenbrot drang durch das offene Fenster. Falafel[17] hatte sich Laith gewünscht und Schawarma[18], seine Lieblingsspeisen, als Abschluss Obstspieße, wie jedes Jahr an seinem Geburtstag. Tarek erinnerte sich an die Aufzählung der Zutaten: Lamm, Zitrone, Zimt, Kreuzkümmel, Kardamom – Pfefferminze wuchs im Garten und Zahira hatte im türkischen Laden, unweit vom Bahnhof, eine fertige Tahina[19] bekommen.

Jetzt stand Tareks Bett still. Ob er in der Lage war, aufzustehen? Er setzte sich vorsichtig auf die Bettkante und wartete. Als es ruhig blieb, erhob er sich und ging unsicheren Schrittes zum Sessel, der vor der kleinen Kommode mit dem Spiegel stand. Mit schwachen Knien ließ er sich auf Ayashas Platz für die Morgentoilette nieder. Über der Stuhllehne hing eines ihrer schönen Tücher. Tareks Augen wanderten zum Spiegel hoch und wie ein Blitz fuhr ihm der Schrecken in die Glieder. Wie konnte er nur! Er wusste doch, was geschah, wenn er in den Spiegel blickte!

Tarek saß wie erstarrt. Alles drehte sich. Etwas zwang ihn, erneut

---

17 arabisch / frittierte Bällchen aus pürierten Bohnen oder Kichererbsen, Kräutern und Gewürzen

18 arabisch / ähnlich wie Döner Kebap zubereitetes Grillfleisch, als Imbiss in dünnem Fladenbrot serviert

19 Sesampaste

in den Spiegel zu schauen: schwarze Augen, dunkle Ringe ... Nichts! Hinter seinem Ebenbild war deutlich der rote Fleck an der Wand zu erkennen, der blutige Tod, der dort blieb, wo er hingehörte. Und – der Spiegel zerbrach nicht.

‚Ajami, dachte Tarek vorsichtig – keine Veränderung! „Ajami", sagte Tarek laut. Der Spiegel zerbrach nicht.

Sein Inneres war erfüllt von tiefer Ruhe. Erneut fiel ihm Laiths Geburtstag ein und Ayasha. Alles war gut! Ohne es zu merken, sank sein Oberkörper ermattet auf den Tisch hinunter. Wie alt war er? Vater – Träumte er? Geburtstag zu Hause – Vater hatte stets bestimmt, wann gefeiert wurde, immer Vater ...

Wir machen einen Ausflug in einen grünen Park ... Schon auf der Fahrt im Bus gibt es Musik. Vater tanzt zwischen den Sitzreihen. Das ist schön! Die Nachbarin ist mitgekommen, mit ihrer Familie. Wir legen Decken in die Wiese, in den Schatten der großen Bäume und packen die Picknickkörbe aus. Was gibt es? Ich weiß nicht ...

Jetzt ist es schon finster. Die Männer sind ihrer Wege gegangen und feiern in einem Lokal ohne Kinder weiter. Nur die Nachbarin und ihre Schwestern sind bei uns geblieben. Wir liegen auf den Decken und blicken hinauf in den schwarzen Himmel. Die Hitze des Tages hat einer angenehmen Kühle Platz gemacht. Das kleine Transistorradio plärrt. Weil sich keiner mehr im Park aufhält, stört unser Lärm niemanden.

Die Frauen werden nicht müde vom Tanzen! Sie wiegen die Hüften. Jetzt hebt mich die Nachbarin hoch. Ich spüre die runden Schenkel, den kreisenden Bauchnabel. Das ist Geburtstag! Wie kann es sein, dass wir alle zugleich Geburtstag haben, Vater, mein Burder und ich? Wie alt bin ich eigentlich?

Dreizehn Jahre ... Tarek schreckte hoch. Wo war er? Sein suchender Blick machte am Spiegel halt. Hatte er geschlafen, geträumt – von Vater? „Ich sitze hier, Vater ... „ Tarek hielt inne. Dann versuchte er es noch einmal: „Ich sitze hier, während du ..."

Er hielt inne. Da blickte er in die schwarzen Augen seines Vaters im Spiegel. Dieser zerbrach nicht, nur die Zeit stand still. Tarek versuchte dem Blick auszuweichen und drehte den Kopf zur Seite. Aus den Augenwinkeln nahm er wahr, dass sich der Vater ebenso abgewendet hatte. Tarek fasste Mut und ... Da blickte er in die Augen des Wolfes. Erschrocken stand er auf, wie auch der Vater – die gleiche heftige Bewegung, dann der lauernde Blick. Es schien, als wartete er auf etwas. Tarek schwindelte und das Bild vor seinen Augen verschwamm. Er konnte es nicht mehr klar erkennen. War es möglich, dass Vater weinte?

Tarek stieß einen leisen Schrei aus, denn seine Hand war gegen Vaters Hand gestoßen. Er hatte bloß die Tränen von Vaters Wange wischen wollen! Die Augen waren nun deutlich zu erkennen. Sie hatten ein warmes Braun angenommen und der Wolf war aus ihnen gewichen. Jetzt gelang es Tarek, den Blick vom Blick zu lösen. Er senkte den Kopf und betrachtete seine schokoladefarbenen Handrücken, die Unterarme. Die Haut hatte dieselbe Farbe wie Vaters schöne Augen. Sein Rücken aber – vielleicht ...

Langsam drehte er sich zur Seite, um die schmerzende Narbe auf seinem linken Schulterblatt zu suchen. Sobald er den Ausschnitt seines Sweaters hinuntergezogen hatte ... Sie war noch da! Dort hinten saß der schwarzrote Vogel, das Brandmal seiner Schuld, tief eingeschnitten in Haut und Seele. – Das Loch im Zaun, die messerscharfen Klingen des Drahtes ... klein und wendig muss ich sein! Schlau und schnell ... Alkan kann stolz auf mich sein und Alkan wartet schon!

Seit damals war der Vogel sein ständiger Begleiter, schwarz-rot, hässlich. Er saß ihm im Nacken. Tarek versuchte an Ayasha zu denken: Kriegskinder waren sie, hatte sie geklagt. Kriegskinder sind wir – Vater, auch du! Ein letztes Mal blickte Tarek ins warme Braun der Augen, die zu weinen aufgehört hatten. Ob Vater Ayasha hörte? Unten in der Küche sang sie. Jetzt wusste Tarek, was er zu tun hatte.

Er stand auf, wischte sich die Tränen von den Wangen und ging zu seinem Bett. Unter dem Leintuch, an der Stelle, auf der der Polster lag, fand er das zerknitterte Kuvert. Jetzt riss er den Umschlag mit raschem Griff auf und streute den Inhalt auf die Decke. Zuerst sprang Samirs Knopf heraus, ließ sich nicht fassen und rollte über das Leintuch. Schneller als Tarek reagieren konnte, sprang er auf den Boden und verschwand in tanzenden Spiralen unter dem Bett. Tarek starrte auf den kleinen Lederbeutel in seiner Hand. Dieser war leer. Warum bloß hatte er ihn aufbewahrt? Warum?

Erneut begann sich der Raum um Tarek zu drehen. Rasch, jetzt musste er stark sein! Sein Kopf dröhnte. Dass er Ayashas Gesang vernahm, half. Seine schmale Hand fuhr in den Spalt unter dem Bett und holte mühelos den Knopf hervor. Tarek taumelte aus dem Zimmer, hinüber zur Toilette.

Was war das gewesen? Ayasha hörte zu singen auf. Oben musste etwas gefallen sein! Sie eilte die Treppe hoch, vorbei am Badezimmer. Jemand hatte die Klospülung betätigt. Tarek lag bewusstlos am Boden.

Der Dschinn

Wenn Ayasha später an den Tag zurückdachte, fiel es ihr schwer, das Geschehen in eine zeitliche Abfolge zu bringen. Es fühlte sich an, als hätte alles zugleich stattgefunden.

Als Christine eintraf, erfuhr sie, dass der Arzt eben gegangen war. Er hatte bei Tarek eine Lungenentzündung festgestellt und beim Abhören des Rückens die hässliche Narbe auf dem Schulterblatt entdeckt. Ayasha weinte und machte sich Vorwürfe, dass ihr die Verletzung verborgen geblieben war. Aber Tarek schien, diese selbst vor Laith verheimlicht zu haben und die Wunde hatte sich zu einer rotumrandeten Wucherung ausgewachsen. Zu Narbenentzündungen käme es häufig, erklärte der Arzt. Wenn in eine bloß notdürftig verheilte Wunde Bakterien gelangten, folgte nicht selten eine Infektion. Geschah dies, verhinderten nur Antibiotika, möglichst frühzeitig gegeben, das Zerstörungswerk der Erreger.

Die Stimme des Arztes verriet Betroffenheit. Sie klang rau, als er versprach, alles zu tun, um dem Jungen zu helfen. Dabei verheimlichte er nicht, dass die fortgeschrittene Infektion, noch mehr als die Lungenentzündung, Anlass zur Sorge gab. Er äußerte zudem die Vermutung, dass sich Tarek selbst Schmerzen zugefügt haben könnte. Irgendetwas musste ihn dazu getrieben haben, die Wunde immer wieder zu öffnen. Tiefe Striemen, die von seinen Fingernägeln stammten, zeugten davon. Diese hatten die kaum verheilten Wundränder der Narbe zu einer roten Schwellung werden lassen, in deren Mitte schwarz die Erstverletzung hockte, wie ein dunkler Vogel. Christine wunderte sich über das Bild, das der Arzt bei seiner Diagnose verwendete. Später jedoch, als sie einmal bei der Behandlung des Jungen dabei war, musste sie zugeben, dass auch sie die Form der Wunde an Flügel erinnerte. Jetzt sah sie, was der Arzt gemeint hatte. Es waren schwarz-verästelte, drahtige Schwungfedern, die in die Haut griffen.

Natürlich fiel an diesem Tag Laiths Geburtstagsfeier aus. Zahira räumte das halb fertiggestellte Festessen in den Kühlschrank, denn niemand schien Appetit zu haben. Tareks Ohnmacht war nach einem kurzen Augenblick des Wachseins in tiefen Schlaf übergegangen und Ayasha wich nicht von seiner Seite. Laith verstand ohne Erklärungen. Er wusste, wie sehr die beiden einander brauchten – seine Mutter den dunklen Jungen, der es irgendwie geschafft hatte, sie wieder ins Leben zurück zu bringen, und Tarek ... Seit Laith keinen Vater mehr hatte, fiel es ihm leicht, sich vorzustellen, wie es sein musste, ein Leben ohne Mutter zu führen. Selbst wenn sie versucht hätten, das Geburtstagsfest zu erzwingen, wäre es misslungen.

Ein Unglück allein reichte nicht. Zwei weitere sollten folgen. Am Nachmittag erhielten Hakim und Zahira vom Bundesamt für Fremdenwesen und Asyl den endgültigen negativen Bescheid: Österreich berief sich auf die Dublin-III-Verordnung und erklärte sich für ihre Asylansuchen unzuständig. Sie mussten jederzeit mit der Rückführung nach Kroatien rechnen. Lange hatte es danach ausgesehen, als arbeite die Zeit für sie. Nach geltendem Asylrecht durften nämlich zwischen dem Einspruch des ersten Bescheids und dessen Beantwortung nicht mehr als sechs Monate vergehen. Brauchte die Behörde länger, musste das Asylverfahren in Österreich bearbeitet werden. Schließlich war es doch passiert und jetzt hielten Hakim und Zahira das Urteil in Händen.

Ayasha dachte sofort an das Kind, das Zahira erwartete. Alles war bereits für die bevorstehende Entbindung organisiert. Drei Frauen der Betreuergruppe hatten versprochen, sich die Zeit so einzuteilen, dass eine von ihnen Zahira, wenn die Wehen einsetzten, ins Krankenhaus begleiteten könnte. Auf die Weise brauchte sich Hakim nur um seinen Sohn kümmern und Zahira hatte eine vertraute Person an der Seite, die zudem als Übersetzerin diente. Wegen der medizinischen Versorgung machte sich niemand Gedanken. Auf alle Fälle würde es Zahira diesmal besser ergehen als bei der Geburt ihres ersten Kindes. Damals, im Irak, hatte sie eine nächtliche Ausgangssperre ans Haus gefesselt und nur eine Freundin war ihr beigestanden. Die Geburt hatte ohne Arzt und Hebamme stattgefunden. An die ausgestandenen Ängste konnte sich Zahira nur noch dunkel erinnern.

Die Rückführung nach Kroatien verbreitete Angst. Was, wenn das Kind nicht kam, solange sie sich in Österreich aufhielten? Was erwartete sie in dem neuen Land? Großquartiere? Waren die Menschen freundlich? Zu viele Flüchtlinge kamen aus Deutschland und Österreich zurück! Nach Deutsch jetzt Kroatisch lernen? Ihr kleiner Sohn brachte jeden Tag neue Wörter aus der Krabbelgruppe des Kindergartens mit nach Hause. Deutsch sprach er, Arabisch verstand er. Jetzt Kroatisch? Sie saßen im Kreis und schwiegen – ihre Gemeinschaft, eine Familie. Heimat?

Kälte kroch in ihre Mitte. Am Tisch lag das Ultraschallbild – neues Leben, das niemand haben wollte? Zahira erschrak über die Hoffnungslosigkeit ihrer Gedanken. Um sich selbst Mut zuzusprechen, sagte sie mit fester Stimme: „Wir haben es bis hierher geschafft." Wie tapfer sie war, dachte Hakim und er ergänzte: „So schlimm wie es war, wird es nicht mehr werden!"

Dann aber half nichts mehr und Zahira begann zu weinen. Was, wenn es nicht nur nach Kroatien ging? Schickte man sie am Ende gar zurück in den Irak? Keiner von ihnen hatte in Kroatien seine Fingerabdrücke hinterlassen. Wieso Kroatien? In dem Land war nicht ihre Erstaufnahme erfolgt! Der Krieg saß wie ein böser Dschinn in ihrer Runde. Schon wieder hatte er sie eingeholt!

Das dritte Ereignis des Tages war der Beginn der Offensive gegen die IS-Hochburg Mossul. Die irakische Armee, kurdische Pescherga[20] und verbündete Milizen rückten schon seit Tagen gegen die Millionenstadt im Nordirak vor. Dutzende Dörfer östlich von Mossul waren bereits aus der Gewalt der Dschihadisten[21] befreit. Es würde nicht mehr lange dauern, bis die Kämpfe die Außenbezirke der Metropole erreicht hätten.

Als sie am Abend Berichte von den Kämpfen sahen, war Christine noch geblieben und sie saßen in der Runde vor dem Fernseher. Unvermittelt begann Hakim zu erzählen. Niemand zweifelte an seinen Worten und dennoch hörten sie sich an wie eine zurechtgelegte Bitte um Aufenthaltserlaubnis.

Er berichtete von seiner Familie, seiner Arbeit als Lehrer, die ihn erfüllte, obwohl sie zunehmend schwieriger wurde. Mathematik war ein Gegenstand ohne Überschneidungspunkte mit Politik und Religion, daher ging es lange gut. Doch die Lage wurde immer bedrohlicher. Bald erkannte man die Haustüren der Christen an Beschmierungen. N wie Nazarener stand als unmissverständliche Drohung auf ihnen. Von nun an hieß es: Zum „wahren Glauben" übertreten oder sterben. In Hakims Familie waren alle Muslime, aber einige seiner christlichen Schüler mussten sich dem Druck beugen und zum Islam konvertierten. Im öffentlichen Leben sah man Frauen in Vollverschleierung. Kaum eine wagte es, aus dem Haus zu gehen, ohne die Burka zu tragen.

Dann kam der Tag, an dem IS-Leute in Hakims Unterrichtsstunde

---

20 Streitkräfte der autonomen Region Kurdistan / auch bewaffnete Einheiten mehrerer kurdischer Parteien
21 Miliz Islamischer Staat / erreichte 2014 einen mit al-Quaida konkurrierenden Führungsstatus

auftauchten, um die Schüler für den Kampf anzuwerben. Hakim konnte nicht länger schweigen und alles zerbrach von einem Augenblick zum anderen. Wie zu befürchten war, erfuhren die Dschihadisten von Hakims Bemühungen, die ihm anvertrauten Jugendlichen ihrem Einfluss zu entziehen. Als die Schergen des IS Hakims Wohnung stürmten, brachte er sich mit Zahira über das Dach in Sicherheit. Ein Nachbar hatte sie rechtzeitig gewarnt. Spät in der Nacht kehrten sie in die verwüstete Wohnung zurück. Sie fürchteten, das nächste Mal würde es nicht ohne Blutvergießen ablaufen, deshalb flüchteten sie noch vor dem Morgengrauen. Zahira nahm den ersten Bus nach Bagdad, um bei ihren Eltern Schutz zu suchen. Hakim setzte sich in den Norden des Landes ab, von wo aus er die Grenze zur Türkei überquerte. Gemeinsam zu fliehen, hielten sie für zu riskant, denn sie wussten, der IS suchte längst nach ihnen.

Als Hakim geendet hatte, herrschte Schweigen. Wer konnte sich vorstellen, was in ihm bei den Fernsehberichten vorgehen musste? Bis vor kurzem hatte er noch telefonisch Kontakt mit der Familie gehabt. Deshalb wusste er, dass drei seiner Brüder monatelang im Gefängnis gesessen waren. Lange hatten die Eltern darüber geschwiegen, denn dem Versprechen, wenn Hakim sich stelle, kämen die Brüder frei, schenkten sie keinen Glauben. Die letzte Nachricht von zu Hause war eine SMS – der Jubel der Mutter, alle ihre Söhne wären aus dem Gefängnis entlassen worden. Auf die Frage nach dem Grund, erhielt Hakim keine Antwort. Seit damals war der Kontakt mit seiner Familie abgebrochen und in der Nachrichtensendung eben hieß es, IS-Kämpfer vernichteten alle Mobiltelefone der Bevölkerung. Wer sich weigerte, diese herauszugeben, würde standrechtlich erschossen.

Hakim kochte vor Wut. In seiner Angst sah er seine Brüder bereits an der Seite des IS an der Front stehen. Wie wären sie sonst freigekommen? Folter und Psychoterror gegen blutigen Krieg – Wer konnte es ihnen vorwerfen? Sie hatten die Wahl gehabt und wahrscheinlich die Front gewählt. Diese musste sich bald mitten in der Stadt befinden, zwischen Frauen und Kindern, Kranken, Alten und Schülern, seinen Schülern.

Ayasha gesellte sich erst spät zur Runde. Aber sie wusste ohnehin vom Leben ihrer irakischen Freunde. Ihr war klar, dass der Weg zurück in die Heimat den beiden ebenso versperrt war, wie Damaskus für sie verloren schien. Sie, die Syrerin, hatte einen positiven Asylbescheid erhalten. Österreich würde ihr und den Kindern länger ein Zuhause geben, während der Staat für Hakim und Zahira jegliche Verantwortung ablehnte. Heimatlosigkeit war eine Kränkung, die krank machte. Traurig blickte Ayasha auf Zahiras gewölbten Bauch.

— - —

In den nächsten Tagen ließ Ayasha ihre Freundin nicht aus den Augen. Zahiras Körper machte alles wie sonst, ihr Geist jedoch schien ausgewandert zu sein. Bald sollte sie neben dem Land ihrer Geburt auch noch Österreich vermissen. Heimat ist der Ort, an dem man zur Ruhe gelangt, ist das Gefühl, die Nachbarn zu kennen, das Kochen für die Kinder, die bald von der Schule kommen. Heimat ist dort, wo dich Menschen ohne Worte verstehen. Ayasha musste an Christine denken. Zahira und Christine – das war Heimat.

„Ich vermisse fast alles an zu Hause", gestand ihr Zahira einmal. „Den Küchentisch, unsere Diskussionen nach dem Essen, ich vermisse meine Schwiegermutter, der ich nichts recht machen konnte, meine Brüder, die sich ständig zankten, die Furcht meines Vaters und alles an meiner Mutter."

Zahira schien zu überlegen, ob sie weiterreden sollte. Die Arme hielt sie um den Bauch geschlungen, als sie fortfuhr: „Einmal beobachteten wir Kinder eine Rabenmutter, die ihre Jungen aus dem Nest stieß, eines nach dem anderen. Seit damals fürchteten wir die schwarzen Vögel mehr als die Geschichten vom Dschinn, mehr als die schwarzen Männer, die kamen, um unser Leben zu stehlen."

Hakims Brüder gingen Ayasha nicht aus dem Kopf. „Es ist deine Pflicht zu erzählen!", hatte Christine einmal zu ihr gesagt. Wann war es gewesen? Egal! Wie sollte sie es bloß anstellen? Die Bilder, Angst und Hoffnung, Tarek! Ayasha schloss die Augen und … Nein, der rote See war und blieb verschwunden. Samir wäre es leichter gefallen, alles in Worte zu fassen. Wie es ihm gerade ging? Wo er wohl war? Samir, sie musste versuchen, ihn zu finden!

Ayasha verbrachte viel Zeit am Bett des kranken Jungen. Tarek schlief unverändert. Diese todesähnliche Bewusstlosigkeit ängstigte sie. Auch am darauffolgenden Tag rührte sich Tarek nicht. Ayasha setzte sich auf die Bettkante und befühlte die feuchte Stirn des Jungen. Als sie sich hinunterbeugte, um seinen Atem zu spüren, fiel ihr auf, wie flach dieser war. Sie legte den Mund an sein Ohr und flüsterte: „Ich werde Samir finden. Er wird uns helfen."

Tarek zeigte keine Reaktion. Erschöpft ließ sich Ayasha neben dem Jungen niedersinken. Sie wendete den Kopf zur Zimmerdecke und schloss die Augen. Rot schien es durch die Lider und darin erblickte sie sich selbst – Ayasha neben dem Jungen. Die blinden Falkenaugen sahen, dass Tarek lebte. „Flieg und warte nicht auf mich", hörte sie Großvater sagen. Ayasha spürte ihre Beine in der Luft hängen, schaukeln und schwingen. „Gleich Sidi, gleich!"

Jetzt waren sie alle da: Christine, Zahira und Hakim, Laith, Lana, Tarek – ihre Kinder und … Samir! Die Lebenden! Ihre Falkenaugen weinten vor Glück. Wie von selbst kamen die Worte über ihre Lippen: „Flüsse sind geöffnete Adern, nahe am Herzen. Geschächtetes Land, rot wie die Hoffnung."

Ayasha

Sidi, wie kann es sein, dass ich wieder hoffe, jetzt, da alle um mich herum traurig sind? Zahira sagt, ihrem ungeborenen Kind werde auf dieser Erde der Platz zum Atmen fehlen, zwischen Kommen und Gehen sei ihm keine Zeit geschenkt.

Ich tröste sie: „Dein Kind wird den Donner hören und keine Granaten, es wird den Morgennebel sehen und nicht den aufsteigenden Rauch. Die Farben wird es vom Regenbogen lernen und vom Rot des herbstlichen Weinlaubs, das an dem Tag seiner Geburt leuchten wird wie das Blühen des Frühlings. Rot wird nicht die Farbe des Blutes sein, sondern die der Liebe und der Hoffnung." Damit sich Zahira meine Worte merkt, habe ich eines der fünfgliedrigen Weinblätter zum Pressen zwischen zwei Seiten ihres Deutschbuches gelegt.

Sidi, was gäbe ich darum, helfen zu können! Das Einzige, was ich tun kann, ist ihr Mut zuzusprechen: „Dein Kind wird ein Kind des Friedens sein!"

Wie kommt es, dass ich wieder hoffe? Der Arzt sagt, dass es um Tarek schlecht steht. Wenn er nach der Narbe sieht, schüttelt er den Kopf und das verheißt wenig Gutes. Ich hingegen weiß, dass Tarek nicht bereit ist, hinüberzugehen. Den anderen macht seine todesähnliche Ruhe Angst, doch Tarek schläft nur und wartet darauf, dass Körper und Seele gesunden. Der Vogel auf seinem Rücken ist zwar nicht verblasst, aber das Schwarz ist aus ihm gewichen. Jetzt scheint es, als würden seine Schwingen rot leuchten, rot wie die Falken kurz bevor die Sonne untergeht.

Woher kommt diese Hoffnung? Sidi, es ist Christine, die alles zum Guten wenden wird! Lass es mich dir erklären. Als ich ihr verriet, dass

Samir lebt, zweifelte sie an meinen Worten. Wie oft in letzter Zeit gingen ihre Wasseraugen über. Weil sie mir leidtat, tröstete ich sie, indem ich ihr mit der Hand über die Haare fuhr. Ich berührte ihr Feuer und sie glaubte mir. Wie nahe wir uns sind, über alles Trennende hinweg! Obwohl Christine das Leben einer aufgeklärten, europäischen Frau führt und selten über den Glauben spricht, ist sie offen für vieles, was jenseits menschlicher Vorstellungskraft liegt. Ihr Name erinnert an die Kraft ihres Christengottes, mein Name bedeutet „Leben".

Sidi, stell dir vor! Christine wusste von der Organisation „Trace the Face". Gleich forschten wir nach. Frag nicht, wie das heute geht. Schon damals, während unserer Zeit an der Universität in Damaskus, erzählten wir dir nichts vom weltweiten Netzwerk. Du hättest kein Interesse daran gehabt, viel mehr noch, es nicht verstanden. Vielleicht hilft ein Vergleich: Das Internet ist wie ein Buch, in dem das Wissen der gesamten Menschheit schlummert. Höre nun, was wir herausfanden:

Wir sind eine von zahllosen Flüchtlingsfamilien, die auf dem Weg nach Europa getrennt wurden. Angehörige verlieren den Kontakt zueinander, viele, vor allem Frauen und Kinder, verschwinden spurlos. Für die Zusammenführung der Getrennten gibt es einen Suchdienst des Roten Kreuzes. Diese Hilfsorganisation bemüht sich, ebenso wie der Rote Halbmond, etwas über das Schicksal vermisster Angehöriger zu erfahren. Mit „Trace the Face" können Flüchtlinge in Europa durch die Veröffentlichung des eigenen Fotos nach ihren Vermissten suchen. Allein die Mitarbeiter der Organisation kennen den Aufenthaltsort der Personen, die den Suchdienst nutzen, und niemand muss mit dem Foto den Namen veröffentlichen. Somit bleiben Suchende und Gesuchte anonym und die Gefahr für ihre Angehörigen in der Heimat wird minimiert.

Meinen Namen allerdings können sie haben. Wovor soll ich mich noch fürchten, jetzt, da ich weiß, dass ich wieder hoffen darf?

Jeder soll wissen, wo ich bin, wer ich bin: „Seht her! Hier steht Ayasha Al Karky aus Damaskus, Frau von Samir Al Karky, der lebt.“

Die Nacht

Es war eine Nacht, an die man sich anlehnen konnte. Ayasha horchte in die Stille, die sich aufschütteln ließ wie ein Kopfpolster voller Daunen. Wieder vernahm sie die Worte ihres Traumes: „Du kannst nicht anders." Jetzt erkannte sie auch ihre Bedeutung, denn sie erinnerte sich des Augenblicks, da dieser Satz zwischen Samir und ihr gefallen war. Er hatte die Angst hinweggeschwemmt und die Muslimin und den Christen von ihren Zweifeln befreit.

Ayasha erhob sich und ging hinüber zum offenen Fenster. Sie erinnerte sich an den hellen Streifen im Sternenhimmel über Großvaters Bergen. Dieser bildete einen milchigen Bogen, der in der Dunkelheit über das Schwarz wanderte, bis er sich niederlegte, kurz bevor der Morgen anbrach. Wenn er am höchsten stand, war es, als könnte man drüben, am Horizont, hinaufsteigen. Er war eine Leiter, gebaut für den steigenden Flug der Falkenaugen.

Sie beugte sich vor, um im Himmel draußen etwas zu erkennen. Das Schwarz fühlte sich weich an, darinnen stand nichts. Nahtlose Dunkelheit lag über dem Garten. Im selben Augenblick hörte sie Tarek im Schlaf sprechen. Sie drehte sich um und blickte hinüber zu den Kindern. Laith und Lana lagen in ihrem Bett, beide schliefen. Samirs Kinder – Sie waren in Sicherheit. Samir würde es verstehen, dass auch Tarek ihr Sonn war. Wenn der Junge erwachte, wollte sie ihn nach seiner Mutter fragen. Jetzt ging es, weil Rot nur noch Hoffnung war. Die Gedanken bewegten ihren Mund ohne ihr Tun. Sie sprach zu Tareks geschlossenen Augen: „Lass mich dir von meiner Mutter erzählen."

Ob er sie hören konnte? Ayasha versuchte sich das Bild ihrer Mutter zu vergegenwärtigen. Es dauerte nicht lange und sie begann: „Sie war die Seele unseres Heims. Wenn Vater als Erster, lange vor uns Kindern, das Haus verließ, um zur Arbeit zu gehen, übernahm Mutter das Regiment über ihr Reich. Die große Küche war dessen Zentrum. Dort schaltete und waltete sie uneingeschränkt. Zu den Utensilien ihrer Macht gehörten Schüsseln, Teller und Kochtöpfe, Löffel, Messer und Gabel. Als die Straßen von Damaskus noch sicherer waren, beherbergte unser großes Haus stets Gäste. Lud Mutter zum Essen ein, bog sich der Tisch unter den Köstlichkeiten. Auch wenn wir unter uns waren, begann unser Mahl erst, wenn niemand mehr fehlte. Vater bemühte sich stets pünktlich von der Arbeit zurück zu sein, um die anderen nicht warten zu lassen. Das Essen verband unsere Familie und ging erst zu Ende, wenn das Tischgebet gesprochen war. Hatten wir Gäste, wurde der älteste der Besucher gebeten, die Dankesworte zu sprechen. Dies war ein Zeichen der Wertschätzung.

Sonst sorgte Mutter dafür, dass jeder einmal an die Reihe kam, die Erwachsenen und natürlich wir Kinder. Schließlich sollten wir die Gebetstexte lernen. Während in den Sprüchen meiner Geschwister nach alter Sitte stets der Friedenswusch vorkam, vergaß ich nie, für Sidi zu bitten. Es entsprach zwar nicht dem Brauch, persönliche Wünsche ins abschließende Tischgebet einzubringen, dennoch hatte niemand etwas dagegen. Mir schien es, als wäre Vaters abschließendes Amen besonders laut."

Ayasha hielt inne, denn Laith und Lana waren aufgewacht und schlaftrunken zu ihr gekommen. Zu dritt hockten sie nun, dicht aneinandergeschmiegt, auf Tareks Bett, ohne den Kranken zu berühren. „Erzähl von deinem Vater", forderte Laith Ayasha auf und diese bemerkte, dass sein Blick unverwandt auf Tarek gerichtet war. „Erzähl von seiner Begeisterung für die Schönheit des Arabischen. Du hast so oft davon gesprochen."

Ayasha nickte. „Ja, Vater liebte die Kunst des Wortes. Darin glich er Sidi. Doch streng war er, streng und gerecht."

Laith blickte ihr fragend in die Augen. Er sagte nachdenklich: „Ich kann mich noch gut an Sidi erinnern, meinen Urgroßvater. Großvater aber ..."

Alle horchten in die Stille. Für einen Augenblick lag Trauer in Ayashas Augen. Sie blickte hinüber zum Fenster. Schon wieder wehte der warme Wind herein. Plötzlich spürte sie den Drang aufzustehen, um nach den Sternen zu sehen. Vielleicht hatte es aufgeklart und sie waren jetzt sichtbar. Ayasha erhob sich. Ihr schien, als dränge der Föhnwind ins Haus. Erneut – ein Stoß. Ayasha zuckte zusammen. Sie fühlte, wie sich etwas in ihr spannte. Leise, fast unmerklich. ‚Der seidene Faden‘, dachte sie ‚an dem unser Schicksal hängt.‘

Stille.

Ayasha schloss das Fenster. Der Druck, der auf ihr lastete, wich nicht und die Luft im Raum kam ihr stickig vor. Sie zögerte, dann kippte sie eine Fensterseite und setzte sich wieder zu den Kindern. „Mein Vater war streng und gerecht", wiederholte sie und fuhr fort: „Für uns Kinder tat er alles! Dabei hielt er den Blick stets in die Zukunft gerichtet. Mich, seine einzige Tochter, erzog er zu einer selbstbestimmten Frau. Dafür erwartete er von mir, dass ich es meinen Brüdern im Lernen und Studieren gleichtat, besonders im Jahr der Abschlussprüfung. Mutter war froh, dass ich kaum Zeit fand, mich außerhalb des Hauses aufzuhalten, um mich mit meinen Freundinnen zu treffen. Mehr und mehr rochen wir nach Angst, wenn wir ins Haus zurückkehrten. Am Ende der Abschlussklausuren war Vater stolz. Ich hatte es beim ersten Anlauf geschafft, die nötige Punkteanzahl zu erreichen, um mein Studium zu beginnen."

Ayasha hielt inne und neigte sich hinunter zu Tarek. Als spräche sie zu dem schlafenden Jungen, sagte sie: „In Syrien ist man der Meinung, die Studienzeit sei die schönste Zeit im Leben, und man werde sich später danach zurücksehnen."

Tarek schien tiefer zu atmen. Auch Laith fiel es auf. Ayasha fuhr fort: „Es stimmt. Am Anfang hatte ich viel Spaß. Ich war eine Streberin. Doch dann ... Wie soll man sich konzentrieren, wenn neben dem Campus die Bomben einschlagen?"

Der Wind rüttelte heftig an dem gekippten Fenster. Dieses schloss sich mit einem Krachen, um gleich wieder aufzuschlagen. Ayasha machte eine Vierteldrehung hinüber. Zu viel. Etwas riss. Aber was? Alles war ruhig. Nein, unten warf sich eine Tür in die Stille.

— - —

Das Haus war voller Tränen. Nun zeigte sich, wie endlos tief Christines Wasseraugen waren. Sie fluteten, stiegen und stiegen.

Es war also wirklich passiert – die Familie abgeholt, einzig die Sachen zurückgeblieben. Nicht einmal Zahiras zweites Umstandskleid war mitgekommen und der rosa Stoffelefant des kleinen Sohnes lag ertrunken unter einem Haufen aus Schuhen und Socken. Obwohl es zu erwarten gewesen war, hatten sie es erst geglaubt, als es wirklich geschah.

Ayashas Augen blieben trocken, als sie Christine mit spröder Stimme erzählte, dass plötzlich fünf Polizisten in der Küche gestanden wären, die nach der irakischen Familie gefragt hätten. Fünf Uhr früh und fünf Polizisten ...

Zuerst schien es, als hätte Hakim die Tür zu seinem Raum zugesperrt und weigerte sich herauszukommen. Bevor die Polizisten herausgefunden hatten, welches das zu räumende Zimmer war, öffnete sich die Tür. Versteinert standen sie da, Hakim mit seinem kleinen Sohn im Arm und Zahira die Hände um den gewölbten Leib gefaltet. Als Erstes wurden die Handys abgenommen. Dann gab man ihnen zwanzig Minuten, das Nötigste zu packen. Ayasha musste Laith zurückhalten, der ohne Unterlass auf einen der Polizisten einredete. Er kannte ihn vom Verkehrserziehungskurs in der Schule und hatte ihn als freundlichen Menschen erlebt.

Das Letzte, was Ayasha von der Familie sah, waren die beiden im Kofferraum des Polizeiautos verstauten Taschen – Gepäck ohne Ankunftsadresse. Gepäck ohne Rückkehr? Laith war in die Küche gelaufen, um eine Schüssel voll Wasser zu holen, denn er hatte sich an den alten Brauch erinnert. Als er zurückkam, war das Auto schon fort. In das Wasser, das Laith auf die verlassene Straße schüttete, ergoss sich sein erstickter Schrei. Ayasha zog ihn zu sich. Dann schaute sie sich nach Lana um. Das Mädchen stand in der offenen Haustür, ihr Arm zeigte dorthin, wo das Auto hinter der Kurve verschwunden war. In der Hand hielt sie den kleinen Stoffelefanten von Zahiras Sohn.

„Kommt gut zurück", flüsterte Ayasha. Laith brachte keinen Ton heraus.

Schwarz-weiß

Wieder lag bedrückende Stille über dem Haus. Hakims Stimme, das Plappern des kleinen Jungen und ganz besonders Zahiras Lachen fehlten. Obwohl im Obergeschoß drei Räume leer standen, teilte sich Ayasha nach wie vor ein Zimmer mit Lana, Laith und dem kranken Tarek. In ihren schlaflosen Nächten spürte sie neben sich die Wärme der Kinder. Während Lana ihr auch tagsüber kaum von der Seite wich, aus Angst, die Mutter könnte verschwinden, brauchte Ayasha in der Nacht die Nähe ihres Sohnes. Wie sich Laith verändert hatte! Allein in den Sommermonaten war er derart gewachsen, dass er sie um einige Zentimeter überragte. In seinem Alter lösten sich Jungen von den Eltern. Keinesfalls teilten sie das Bett mit der Mutter. Laith jedoch wäre schon wegen Tarek nicht in einen anderen Raum umgezogen. Während die Kinder friedlich neben Ayasha schlummerten, versuchte diese, sich nicht zu bewegen. Die Stille lastete auf ihr. Um sie zu übertönen, sprach Ayasha, Tag und Nacht. Im Dunkel richtete sie ihre flüsternden Worte an Tarek. Beschwörend klang ihre Stimme.

Manchmal vernahm Laith im Halbschlaf, dass sie mit Sidi sprach oder mit Samir, seinem Vater. Ob sie verrückt geworden war? Nein, Laith wusste, dass seine Mutter trotz aller Trauer keineswegs die Hoffnung verloren hatte. Und weil er, wie die meisten Kinder, mit tiefem Schlaf gesegnet war, dämmerte er stets gleich wieder weg. Ayasha und Lana, Tarek – seine Familie! Sie waren noch da.

Die letzte Wärme des Jahres war mit dem Einschlafen des Föhnsturms gegangen und hatte einem trüben November Platz gemacht, dessen Licht von diffusem Grau war. Bloß einen Tag gab der Arzt Tarek noch zum Aufwachen, ehe er ihn in ein Krankenhaus einweisen wollte. Obwohl der Junge noch immer unanprechbar war, schien sein Bewusstsein langsam zurückzukehren. Wenn Ayasha seine Lippen mit Wasser benetzte, schluckte Tarek und die Heilung seines Körpers machte Fortschritte. Für Tareks Seele konnte der Arzt nichts tun.

Mit der aufziehenden Kälte waren die Elstern zurückgekehrt. Lana entdeckte sie als Erste. Schwarz-weiß hüpften sie durch das nasse Gras, dem jedes Grün fehlte. Selbst die Vögel schienen sich dem Einheitsbrei der Farben angepasst zu haben und hatten das metallische Blau des Gefieders abgelegt. In ihrem wellenförmigen Flatterflug lag nichts mehr von der Streitsucht des Sommers. Die Vögel waren verstummt wie der gesamte Garten. „Tschjuk-juk tschark", hatten die Elstern getönt in der Wärme der hellen Tage. Schade, dass man sie nicht mehr hörte! Ayasha erinnerte sich daran, wie sie die Vielfalt ihrer Laute bewundert hatte. Sie waren wie das Gurgeln eines Bauchredners. Öfter hatten die Vögel Klänge imitiert, sogar das Warnsignal des Zuges, das regelmäßig vom unbeschrankten Bahnübergang herüberklang.

Der Winter musste nahe sein. Einmal beobachteten Ayasha und Christine, wie die Elstern mit ihren starken Schnäbeln die lockere Erde des Gemüsegartens bearbeiteten. Christine erklärte, die Vögel legten im Herbst Samen und Aas als Nahrungsmitteldepots an. Dabei merkten sie sich jeden einzelnen Platz, obwohl sie ihr Versteck mit Erde und Pflanzen zudeckten. Die Elstern waren also klug und umsichtig und wurden ihrem schlechten Ruf nicht gerecht. Den Kindern waren sie dennoch unheimlich. Auch Ayasha missfiel es, wenn sie den Fenstern des Hauses zu nahe kamen, jetzt, da sie allein waren, ganz besonders.

„Es ist der Seelenräuber", hatte es zu Hause geheißen, wenn ein

Rabe mit seinem kräftigen Schnabel ans Fenster klopfte. Hier waren es die Elstern, die sich den Menschen näherten. Ayasha versuchte die Kinder zu beruhigen: „Nichts im Leben ist schwarz-weiß. Die Elstern sehen sich im Fensterglas und lieben den Spiegel. Wie klug sie sind!"

Verwundert stellte Ayasha fest, dass Tarek unruhig wurde, wenn sie von den Elstern sprachen. Es schien, als hole das Bild von den Vögeln sein Bewusstsein an die Oberfläche. Sie beratschlagte sich mit Laith darüber. Dieser beschrieb Tareks zwiespältiges Verhältnis zu den Elstern und fand, es sei einen Versuch wert, die schwarzweißen Vögel in Gegenwart des schlafenden Jungen öfter zu erwähnen.

Am Abend vor der geplanten Einlieferung ins Krankenhaus wählte Ayasha aus den Märchen von Tausendundeine Nacht die Geschichte von der Elster. Zuvor jedoch erzählte sie von Großvater: „Von Sidi weiß ich, dass die Elster früher ein einheitlich weißes Gefieder hatte. Friedlich lebte sie bei den Menschen im Garten Eden. Nach dem Sündenfall wollte der Teufel sie greifen, doch sie entkam ihm. An den Stellen, die er berührt hatte, färbten sich ihre Federn schwarz. Seitdem ist ihr Wesen diebisch und sie trägt alles Blanke und Glitzernde, dessen sie habhaft werden kann, in ihr Nest. Auf dem Lande glaubte man sogar, sie fliege durch offene Fenster und dränge in Wohnungen ein, um zu stehlen. Ihr kreischendes Geschrei ähnelt dem satanischen Lachen des Teufels, meinten die Leute. Deshalb ließen die Bauern nicht gern die Fenster offen.

Laith schüttelte den Arm seiner Mutter. „Hör auf!", zischte er.

Jetzt erst bemerkte Ayasha, dass Lana zu weinen begonnen hatte. Laith deutete in Richtung Tarek, der sich unruhig im Bett hin und her warf. Sie stand auf und befühlte die Stirn des Jungen. Diese fühlte sich kühl an, das Fieber war nicht zurückgekommen. „Ich muss!", sagte Ayasha und ihre Stimme klang entschlossen.

Sie zog Lana zu sich und begann erneut zu sprechen. Augenblicklich beruhigten ihre Worte das Mädchen, wie immer, wenn sie ein Märchen erzählte.

„Es geschah, dass eines Tages alle Vögel des Himmels die Elster baten, sie zu lehren, wie man ein Nest baut. Die Elster ist nämlich der geschickteste der Vögel. Also versammelte sie die anderen um sich, um ihnen zu zeigen, wie es ging. Als Erstes nahm sie etwas Lehm und machte eine Art runden Kuchen daraus.

„Ah, so wird das gemacht", sagte die Drossel und flog davon. Deshalb bauen Drosseln bis heute auf diese Weise ihr Nest.

Dann nahm die Elster Zweige und ordnete sie um den Lehm herum an.

„Nun, jetzt habe ich wohl alles gesehen", sagte die Amsel und flog davon. Bis heute bauen Amseln ihr Nest auf diese Weise.

Die Elster setzte über die Zweige eine weitere Schicht aus Lehm.

„Ah, das war ja offensichtlich", sagte die weise Eule und flog davon. Eulen machen seitdem keine Nester, die besser als dieses sind.

Nun nahm die Elster wieder einige Zweige und schlang sie um die Außenseite des Nestes.

„Das ist aber nett!", rief der Spatz und flog davon. Deshalb machen Spatzen bis heute recht schlampige Nester aus wenigen Zweigen.

Als Nächstes nahm die Elster einige Federn und andere weiche Sachen und polsterte das Nest damit bequem aus.

„Das finde ich gut!", schrie der Star und flog davon. Deshalb haben Stare bis heute sehr gemütliche Nester.

Auf diese Weise ging es nun ununterbrochen und jeder Vogel nahm ein wenig von dem Wissen der Elster mit. Doch keiner von ihnen wartete bis zum Ende.

Inzwischen arbeitete und schaffte die Elster, ohne aufzuschauen. Schließlich war nur noch die Turteltaube geblieben. Diese hatte überhaupt nicht aufgepasst, sondern stattdessen die ganze Zeit ihren dümmlichen Ruf „Nimm zwei, Duu! Nimm zwei, Duu-duuuu!", gerufen.

Als die Elster nun fast fertig war und gerade einen Zweig über das Nest legen wollte, hörte sie die Taube und sagte: „Nein! Einer ist genug."

Die Taube wiederholte bloß: „Nimm zwei, Du! Duuuu!"

Die Elster wurde ärgerlich und sagte: „Nein! Einer reicht! Das sagte ich dir doch schon."

Immer noch schrie die Taube: „Duuu! Nimm zwei, Duu-duuuu!"

Da blickte die Elster von ihrem Nest auf und sah, dass niemand mehr da war außer der Taube. Nun wurde sie richtig ärgerlich. Sie flog davon.

Und so kam es, dass alle Vögel bis heute unterschiedliche Nester bauen, doch keines ist derart kunstvoll wie das der Elster. Die dreckigen Mulden der Tauben, kosten sie bloß ein Lachen."

Das Erste, was sie von Tarek hörten, war leises Husten, das, allein Tarek wusste es, ein Lachen sein sollte.

— - —

Seit der kranke Junge das Bewusstsein wiedererlangt hatte, war die Stille im Haus leichter zu ertragen. Das erste Mal seit Zahiras und Hakims Abschiebung schlief Ayasha und sie hörte auf, ununterbrochen zu reden.

Eines Morgens erreichte sie Zahiras Anruf. Sie konnten nur kurz miteinander sprechen. Ayasha kam kaum zu Wort, denn Zahira wollte so viel loswerden. Sie hatten beide Angst, nicht alles zu erfahren, ehe die Verbindung beendet wäre. Zahira sprach schnell: „Es ist gut, wie es ist. Wir sind in Europa. Hakim hat mit jemandem vom Fußball-

Team telefoniert und erfahren, dass Nuri, sein afghanischer Freund, auch abgeschoben wurde. Ihm erging es schlechter, denn das Ende seiner Reise war Kabul! Uns geht es gut."

Ayasha hielt den Atem an. Ehe sie etwas sagen konnte, fuhr Zahira fort: „Es ist halt eng hier. Wir sind im Hotel Porin, irgendwo am Stadtrand von Zagreb, gleich neben der Autobahn. Die anderen sagen, dass es im Haus früher einen ruhigeren Familientrakt gab. Jetzt sind alle vermischt, Kinder, alleinstehende Frauen, unbegleitete Jugendliche, alle durcheinander, selbst die Kranken sind bei uns. Du kannst dir vorstellen, wie entsetzlich laut es hier ist.

Heute Nacht wurden einige Räume frei, weil die Bewohner untergetaucht sind. Es waren welche, die noch Geld hatten, um Schlepper zu bezahlen. Es wird nicht verschwiegen, dass die meisten in den Untergrund gehen, nach Deutschland oder zurück nach Österreich. Was dort aus ihnen wird, weiß niemand. Ein Raum, der leer geworden ist, wird jetzt zum Beten benutzt, solange bis Flüchtlinge nachkommen.

Das Essen ist in Ordnung. Macht euch keine Sorgen! Zu Mittag warm, dann gibt es auch gleich die Ration für den Abend. Dosenwurst, kleine Waffeln und ein Apfel – so war es gestern. Dosenwurst! Stell dir vor – Dosenwurst! Viele der Hausbewohner weigerten sich, sie zu essen. Es fielen böse Worte.

Trotzdem ist es gut hier, denkt bloß an Mossul! Es ist gut, obwohl es keine Zukunft gibt. Wir haben gelernt, in Stunden zu denken, in Tagen. Bald wird unsere Tochter auf die Welt kommen!

Hast du das Ultraschallbild gefunden? Nein? Du musst es suchen. Der kleine Plüsch-Elefant … Du kannst dir nicht vorstellen, wie unser Junge geweint hat!"

Jetzt kämpfte Zahira mit den Tränen. Es war deutlich zu hören. Die Stimme, ihre liebe Stimme, sprach weiter: „Am schlimmsten erging es uns im Abschiebezentrum. Dass uns in Österreich etwas in der Art passiert, hätten wir nie gedacht."

Stille. Ayasha wagte nicht nachzufragen. Da kam es fast tonlos, doch deutlich zu vernehmen: „Einige wehrten sich. Da wurden sie mit Füßen getreten, wie Tiere."

Weiter sprach Zahira nicht. Es gab nichts mehr zu sagen. Die Verbindung war längst beendet, als Ayasha das Handy weglegte. Bei dem Gedanken an Österreich, ihrer neuen Heimat, verbanden sich in ihr Dankbarkeit und Zorn zu einem widersprüchlichen Ganzen. Ihr, der Syrierin, gewährte das Land Schutz. Nichts auf der Welt war schwarzweiß. Die Wahrheit lag immer dazwischen.

Untergang

In den nächsten Wochen kamen keine neuen Flüchtlinge ins Haus und Ayasha blieb mit den Kindern allein. Es war, als ob es keinen Bedarf an Unterbringung mehr gäbe. Dabei dauerte der Kampf in der Heimat in nie gewesener Brutalität an. Laith und Tarek brachten von der Schule schlimme Nachrichten mit. Obwohl der Lehrplan der dritten Klasse das weltpolitische Tagesgeschehen, dem Alter der Schüler entsprechend, bloß streifte, erfuhren die beiden mehr als ihnen lieb war. Besonders Laith brauchte jemanden zum Reden. Und weil einzig Ayasha seinen Schmerz verstand, lud er die quälenden Bilder bei ihr ab. Auf diese Weise erfuhr sie vom Abkommen zwischen der Türkei und der Europäischen Union[22] und den umgelenkten Flüchtlingsströmen nach der Schließung der Balkanroute. Wer den lebensgefährlichen Weg über das stürmische Mittelmeer wagte, schaffte es, wenn er es überlebte, bis Italien oder Spanien und nicht weiter. Natürlich musste sie an Samir denken. Gerade wegen der Kinder hielt sie an der Hoffnung fest, ihn zu finden.

Wie glücklich sie sich schätzen durften, in Österreich Aufnahme gefunden zu haben, machten die Nachrichten vom syrischen Bürgerkrieg erneut bewusst. Das eingekesselte Aleppo entwickelte sich zum Sinnbild entmenschlichter Grausamkeit. Die Tragödie, die sich in und rund um Mossul abspielte, sorgte nur kurz für Schlagzeilen. Nach Laith war es nun Zahira, die sich bei Ayasha ausweinte. Am Telefon klagte sie, dass IS-Milizen 8000 Familien aus der Umgebung der nordirakischen Millionenstadt entführt hätten, um diese im Rückzugsge-

---

22 Rücküberhnahmeabkommen für illegal in die EU eingereiste Migranten

fecht als menschliche Schutzschilde zu missbrauchen. Ayasha konnte nicht anders, als Zahira zu bewundern, denn letztendlich halfen ihr diese Nachrichten mit der Abschiebung nach Kroatien fertigzuwerden. Sie hatte Recht, immerhin waren sie in Europa. Nur ab und zu wütete die Hölle im Herzen, aber das verging wieder.

Ayasha vermutete, dass die unmittelbar bevorstehende Geburt ihrer Tochter Zahira in ihrem Optimismus bestärkte. Wie es ihr und vor allem Hakim gehen musste, jetzt, da der Kontakt mit der Familie in Mossul abgebrochen war, wollte sie sich nicht vorstellen. Zu kurz war es her, dass der rote See sie geflutet hatte. Wer wusste schon, ob er nicht zurückkehrte wie die Elstern draußen im Garten? Lieber aufs Denken verzichten, gerade jetzt, wo vieles gut zu werden schien.

Es dauerte wenige Tage und Tarek war wieder vollständig gesund. Was Ayasha zudem noch glücklicher machte, war der Umstand, dass die Dunkelheit aus Tareks Seele gewichen war. Blickte sie dem Jungen in die Augen, waren diese erfüllt von einem warmen Braun. Selbst Lana schien die Veränderung wahrzunehmen und legte ihre Scheu ab. Ein Jahr hatte es gedauert, bis sie sich sicher genug fühlte, für längere Zeit von Ayashas Seite zu weichen. Während die Jungen von Beginn an eine tiefe Freundschaft verbunden hatte, erfolgte die Annäherung zwischen Tarek und Lana erst jetzt. Beide gewannen: Lana legte ihre Angst ab und Tarek ließ Nähe zu.

Ayasha wünschte sich, von Tareks Vergangenheit zu erfahren. Ob das neu gewonnene Vertrauen Offenheit ermöglichte? Tatsächlich, Ayasha brauchte nicht einmal zu fragen. Tarek begann von sich aus zu erzählen. Er verwendete ungelenke Sätze, die schnörkellose Bilder entstehen ließen. Sie waren in den Raum gestellt wie Dokumentarfotos, die für sich sprachen und nahezu keiner Worte bedurften.

Tarek erzählte, seine Mutter sei bei seiner Geburt gestorben. Er berichtete vom Vater, der kein Vater war, von den Gelegenheitsjobs, die gerade genug einbrachten, dass sie nicht hungern mussten. Tarek hatte nie eine Chance gehabt. Schule gab es allein an jenen Orten, wo der Vater beschloss, länger zu bleiben. Kaum hatten sie sich eingewöhnt, zogen sie auch schon weiter, stets auf der Suche nach Arbeit. Zuletzt verdiente Vater sein Geld mit Taxifahrten. In Nablus[23] hatte er einen ausrangierten VW-Käfer aufgetrieben, der für eine Zeitlang bei Sammel-Fahrten seine Dienste tat. Obwohl Staub und Metallspäne aufstiegen, wenn man gegen das Dach der Karosserie blies, war das ramponierte Auto der ganze Stolz des Vaters. Mit der Zeit wurde die Arbeit schwieriger, denn an den von israelischen Soldaten kontrollierten Checkpoints geriet er immer öfter in bewaffnete Auseinandersetzungen. Schon lange bevor das Auto endgültig nicht mehr zu benutzen war, kam zu wenig Geld in die Familienkassa, um davon leben zu können. Deshalb nahmen Tarek und sein Bruder jede Arbeit an, die sich ihnen bot. Zeit für Schule blieb kaum.

Als der Vater seinen letzten Job verlor, gingen sie nach Hebron, in die große Stadt. Hier war es kein bisschen besser. Die Zone, in der sie lebten, sah aus wie eine Geisterstadt. Einzig jene palästinensischen Familien waren hier geblieben, denen es die finazielle Situation nicht erlaubte, in einer anderen Gegend ein neues Leben aufzubauen. Die verbarrikadierten Läden, die mit israelfeindlichen Graffitis beschmiert waren, wiesen auf das rege palästinensische Leben hin, das hier einst geherrscht hatte. In einem Schulgebäude, das als Notunterkunft diente, schliefen sie nachts in einem Klassenzimmer, gemeinsam mit vier anderen Familien. Sobald es Tag wurde, entflohen sie der Enge des Raumes und versuchten, jeder für sich, den Tag zu überstehen. Der Vater verbrachte viel Zeit in der kleinen Moschee nebenan. Manchmal fuhr er in die Altstadt zur Machpela, der Abraham-

---

23   Stadt in den palästinensischen Autonomiegebieten

Moschee. Hier, wo der Überlieferung nach Abraham und seine Frau Sara begraben lagen, traf Vater seine Glaubensbrüder, mit denen ihn eines verband – der Wille, dieses Leben nicht länger hinzunehmen.

Als Tarek in seiner Erzählung an dem Tag angelangt war, an dem sein Vater ihn allein zurückgelassen hatte, um in den Heiligen Krieg zu ziehen, war der Raum erfüllt von tiefer Stille. Tarek schaute hinüber zum Spiegel und wartete darauf, dass dieser zerbrach. Doch nichts rührte sich. Alles blieb, wie es war, denn vor seinem Spiegelbild stand Ayasha, seine Mutter.

— - —

Für Minuten hielt das Schweigen an. Jeder hing seinen Gedanken nach. Ayasha hatte dem Jungen zugehört, jetzt war sie an der Reihe zu erzählen. Mutter und Sohn mussten alles voneinander wissen. Es galt, die Angst zu überwinden, wollte sie Tarek die Mutter sein, die er brauchte. Nach den Monaten des Schweigens war der Augenblick gekommen, hinzuschauen, auf den Untergang ihrer Welt.

Ayasha begann bei den Protesten, die von den Universitäten ihren Ausgang nahmen, den Assad-Anhängern unter den Studenten, die im Seminar ständig die Waffen dabei hatten. Dann ging es weiter: der Geheimdienst, der Streit in der Familie, die Front, die sich aufbaute zwischen Professoren und Studenten, zwischen Vater und Sohn, Bruder und Schwester, die vielen Christen, die aus Maalula[24] in die Stadt flohen, vertrieben von den islamistischen Rebellen. Zuletzt erzählte sie von den Palästinensern aus dem eingeschlossenen Jarmuk[25], die sich irgend-

---

24 heftig umkämpfte Ortschaft, nordöstlich von Damaskus mit aramäisch sprechender, vorwiegend christlicher Bevölkerung
25 Stadtteil mit einem Flüchtlingslager in Damaskus

wie befreit hatten und auf die Art zumindest dem Hungertod zu entkommen waren…

Ayasha und Samir wollten nicht gehen, aber in den Vororten von Damaskus war der Tod eingezogen, der niemanden verschonte. An die Granaten, die in der Innenstadt explodierten, hatten sie sich schon fast gewöhnt. Doch wenn sie das Haus verließen, gingen sie in den Krieg und die Gassen der Stadt rochen nach Angst und Verrat. Woher die Bomben kamen, machte keinen Unterschied. Von der freien syrischen Armee, von den Regierungstruppen, ein Irrläufer oder von den Kämpfern des Islamischen Staates, alle hatten eines gemeinsam: Sie töteten.

Ayasha und Samir wollten nicht gehen. Wohin auch? In ein Land, das sie aus Mitleid aufnahm, in dem sie eine Last waren, wo alle darauf warteten, dass sie möglichst bald wieder gingen? Sie beobachteten die Flüchtlinge aus dem Irak. Diesen fehlte es am Notwendigsten, keine Aussicht auf Arbeit …

Nein, sie wollten nicht gehen! Dann kam das Zuckerfest. Am dritten Tag feierten sie bei Ayashas Vater. Familie, Nachbarn und Freunde waren zu Besuch. Kinder an der Tür … sie erhielten Geld und Süßigkeiten. Im nächsten Augenblick zersprang alles in einer gelben Sonne. Der Arm eines kleinen Mädchens flog bis in die Küche.

Jetzt gingen sie.

Sidi sollte helfen, oben in den Bergen. Da ahnte Ayasha noch nicht, dass der Tod sein Versprechen gebrochen hatte. Auf der Fahrt waren sie erfüllt von Hoffnung. Jetzt, da sie alles hinter sich gelassen hatten, wartete ein neues Leben auf sie. Sie staunten über den Schnee zu beiden Seiten der Straße. Das Weiß half die Dorfruinen, die sie passierten, wegzublenden. Die zerstörten Häuser sahen unter ihren Zuckerhüten gar nicht traurig aus. Erst als sie vor Großvaters Haus standen, dem dort, wo der Eingang gewesen war, die Wand fehlte, begriffen sie.

Die Decke – weg, nur noch Himmel. Dem war das Blau ausgeronnen.

Ayasha zitterte, während sie weitererzählte. Für einen Moment hatte sie innegehalten, denn das Gesicht ihres Vaters stand vor ihr. Sie wusste, dass sie es nicht beschreiben konnte, nicht beschreiben durfte. Jetzt, da das Grau in Vaters Augen wieder Teil ihrer Erinnerung geworden war, verschloss sie es in ihrem Herzen, eine ewig blutende Wunde. Als sie fortfuhr, beschrieb sie die Abdrücke im Schnee, die ihre Schritte auf dem weißen Fußboden des Wohnzimmers hinterlassen hatten, den schmutzigen Ruß. Zuletzt sprach sie von Sidi.

„Großvater war Gott! An diesem Tag starb er und Vaters Haare wurden weiß wie Schnee."

Hoffnung

Goman war wieder da. Plötzlich stand er vor der Tür und trat ein, als wäre er bloß kurz weg gewesen. Der Brauch, Wasser dem Auto hinterher zu schütten, hatte geholfen. Auf den ersten Blick schien Goman nicht verändert. Er trug sogar den orangen Daunenanorak, den er angezogen hatte, als er sie im Sommer verlassen musste. Alle bestürmten ihn mit Fragen und alle, selbst Tarek, umarmten ihn wie einen heimgekehrten Sohn und Bruder. Im Augenblick des Wiedersehens dachte niemand an die andauernden Auseinandersetzungen, den wüsten Streit, der zur Wegweisung der kurdischen Familie geführt hatte. Nicht einmal Gomans Geständnis, illegal im Land zu sein, schmälerte die Freude

Im Haus gab es Platz für ihn, vorerst. Um die Zukuft brauchten sie sich noch nicht zu sorgen. Während die Kinder froh waren, Goman wieder zu haben, mischte sich in Ayashas Rührung die Enttäuschung darüber, dass der Junge seine Schwester Roye in Kroatien zurückgelassen hatte. Wie konnte er sich bloß allein absetzten?

In der lärmenden Aufregung wäre fast das Läuten von Ayashas Handy untergegangen, der Anruf von Trace the Face! Ayasha blieb fast das Herz stehen. Rasch ging sie vor das Haus, um besser verstehen zu können. Die Stimme auf der anderen Seite sprach Englisch. Es war unglaublich! Sie erklärte, ein Mann habe sich gemeldet, der sich als Samir Al Karky ausgab. Aus Sizilien käme die Nachricht. Ob sie mit den Worten etwas anfinge?

Eine kurze Pause entstand, in der Ayasha hörte, dass der Mann aufgestanden war, um etwas zu suchen. Dann raschelte Papier …
Im Telefon klangen die Worte: „Du kannst nicht anders, sprach der

Stern?" Am Ende des Satzes hob sich die Stimme wie bei einer Frage.

Als sich Ayasha zurück zu den anderen begab, hielt die Aufregung um Goman an. Laith und Tarek hatten nicht aufgehört, ihn mit Fragen zu bestürmen, und Goman blickte aus Augen, die verrieten, wie jung er war. Er machte einen betroffenen Eindruck, als er erfuhr, dass Zahira und Hakim in Zagreb waren. Ob sie Roye finden könnten, fragte Laith und Goman meinte lachend, das wäre durchaus möglich. Er wusste, es gab wenige Flüchtlingsquartiere in Kroatien. Ayasha atmete auf. Welch schöne Vorstellung! Zahira könnte eine Freundin brauchen, die ihr bei der Entbindung beistünde. Royes Unerfahrenheit fiel dabei nicht ins Gewicht. ,Samir muss warten. Ich werde es den Kindern später erzählen', dachte Ayasha und verbarg ihr Geheimnis wie einen Schatz in ihrem Herzen.

Nach einer kurzen Führung durch die leeren Räume des Hauses entschied sich Goman für sein ehemaliges Zimmer. Ayasha wunderte sich, denn dieses lag abseits von den anderen, hinter der Toilette, am Ende eines dunklen Ganges. Wahrscheinlich war es ihm vertraut und für ihn so etwas wie Heimkommen.

Sollten sie Christine einweihen? Ayasha grübelte und bei ihrer Frage blickte sie in ratlose Gesichter. Goman jedoch schüttelte den Kopf. Natürlich erinnerte er sich daran, wie schnell der Streit den Verantwortlichen in der Gemeinde zu Gehör gekommen war. Als Goman seine Verneinung wiederholte, sah Ayasha Christines feuerrote Haare vor sich. Wovor hatte sie Angst? Der rote See war doch verschwunden!

Als Christine in den nächsten Wochen Ayashas Familie besuchte, blieb ihr die Anwesenheit des kurdischen Jungen verborgen. Dieser hielt sich, solange Christines Besuch währte, entweder außer Haus auf oder er versteckte sich in seinem Zimmer. Von Samir erzählte Ayasha Christine sobald sie sich trafen. Jetzt kannten die Kinder ihr Geheimnis: Ihr Vater lebte! Alle weinten Tränen der Freude. Allein Tarek verließ den Raum und Ayasha schien es, als betrete er leise das Zimmer, in dem sich Goman aufhielt.

Samir lebte! Das Leben war zurückgekehrt – endgültig, auch für Ayashas Kinder. Obwohl die Natur in blaue Winterstarre verfallen war, spürten sie, wenn sie hinausgingen, die Kälte nicht. Laith lag oft allein unter dem Fliederstrauch und blickte hoch in die entblätterten Äste. Der gefrorene Boden fühlte sich hart an und dennoch lag er in seiner dicken Jacke Haut an Haut mit dem Himmel. Der Dezemberwind strich lustig die hüpfenden Spatzen vom Dach und kleine Kristallblumen blühten auf den Ästen des Nussbaumes. Wenn dieser sich wie ein frierender Hund schüttelte, staubte es weiß herunter. Obwohl selbst die Wassertropfen des Taus ihre Lebendigkeit verloren hatten und nun als Reif die Äste umklammerten, blieben sie die Tränen Gottes.

Während Laith nicht weiter nach Vater fragte, bedrängte Lana ihre Mutter mit kindlichen Wünschen. Wann, wann endlich? Wenn es läutete, sprang sie auf, um als Erste an der Tür zu sein. Vater? Dass sich Tarek zurückgezogen hatte, fiel Ayasha auf, doch Sorgen machte sie sich keine. Er musste sich wohl erst an den Gedanken gewöhnen, einen neuen Vater zu bekommen. Wer weiß, wie lange es noch dauern würde, bis die Familie wieder vereinigt war. Der Junge hatte also genug Zeit. Laith verlor keinen Gedanken an seinen Freund. Für ihn gab es nur noch Vater.

— - —

Tarek verhielt sich still. In seinem Kopf nistete der Schmerz. Er saß in seinen Gedanken, brütete etwas aus. Was war es? In Ayashas Blick schimmerte die Sonne goldbraun, wie früher. Wenn er in den Spiegel sah – Wetterleuchten in den Augen. Tagelang blieb es, ein stilles

Gewitter in seinem Kopf, das nur er wahrnahm. Zuletzt machte es tiefem Schwarz Platz.

Der Einzige, der im Stande war, ihm zu helfen, war Goman. Wenn Tarek mit ihm sprach, spürte er, wie nahe sie sich waren. Beide hatten sie alles verloren … Das erste Mal erschrak Tarek bei dem Gedanken. Als dieser wiederkehrte, oft und oft, half es auch nicht mehr, an Ayashas Augen zu denken. Goman versteckte sich und er … Tarek? Er versteckte sein dunkles Geheimnis. Ayasha durfte es nie erfahren, nie! Samir würde reden, wenn er zurückkam.

Tareks Schuld wuchs, groß, größer. Sie warf ihren Schatten, in dem sich alles verdunkelte – Ayasha, Laith und Lana, Christine. Goman leuchtete hell. Er stand neben ihm und sprach. In Zagreb gab es Männer, die weiter wussten, die den Weg zeigten. „Unsere Zeit ist kurz! Wir sind die Hoffnung unseres Volkes."

Goman sprach wie Tareks Vater, derselbe Klang in der Stimme, das Feuer in den Augen … Er sagte: „Es gibt spezielle Websites, die niemand kontrolliert. Gib einmal Peschmerga ein. Du wirst sehen, wie leicht es ist, mit ihnen Kontakt aufzunehmen. Weißt du, was Peschmerga heißt?"

Gomans Antwort kam sofort: „Die dem Tod in die Auge sehen."

Er war nicht zu stoppen: „Hast du gehört, was Erdogan dem kurdischen Volk antut?"

Anfangs überlegte Tarek noch, was ihn die Kurden angingen. Palästina war seine Heimat, Gomans Volk nicht seines. Später verlor auch das an Bedeutung und Goman fuhr fort, ihn zu bedrängen. Einmal, als alle außer Haus waren, zeigte dieser ihm auf dem Display seines Handys Bilder vom IS. Sie sahen Männer mit Maschinengewehren, die durch eroberte Städte fuhren, neben Gefangenen posierten, Ausbildungslager. Tarek blickte Goman in die Augen und sah, dass diese schwarz waren wie seine. „Sie werden alles vernichten, wenn sie niemand stoppt!", sagte Goman und fuhr fort. „Ich habe eine ihrer Seiten mit einem „like" versehen, weil ich wissen wollte, was geschehen würde. Ob es Zufall war? Bereits am darauffolgenden Tag nahmen mich zwei Flüchtlinge zu einem zwanglosen Treffen mit. Sie brachten mich in ein unauffälliges Haus, unweit von unserem Flüchtlingsquartier. Halal zubereitete Speisen gab es dort. Das kümmerte mich nicht, doch die anderen waren verrückt danach. Nach dem Essen zeigten sie uns den Gebetsraum. Bei den Treffen, die einmal in der Woche abgehalten wurden, wuchs meine Gewissheit, dass ich in die Fänge des IS geraten war. Die Zukunft hier habe ihre Chance gehabt, sagten die Männer, und Papiere wären kein Problem."

Wenn Tarek in den kommenden Tagen allein sein wollte, ging er hinaus in den Winter. Das Land lag still und leer. Wo waren die Menschen geblieben, die ihm im Sommer bei den Spaziergängen mit Christine begegnet waren, wo die Geräusche, die Farben? Der Himmel hing schwarz von Schnee, der sich weigerte zu fallen. Über dem zugefrorenen Fischteich schneite der Spiegel hinauf, stieg es hoch wie Asche im Wind. Sonst rührte sich nichts. Das war gut so, denn Tarek musste nachdenken. ‚Alles hätte ich getan', fuhr es ihm durch den Kopf.

Jetzt stieg Ayashas Bild auf. Er vernahm ihr Lachen, das gleichzeitig aus Mund und Augen kam. „Sie darf es nie erfahren. Nie!", sagte er laut.

Tarek fühlte den Schatten in seinen Augen, Ayasha verschwand darin. Im Licht standen Männer mit Maschinengewehren, posierten neben Gefangenen. Einer der Gefesselten kniete vor einem der schwarzen Männer, dessen Gesicht Tarek nicht zu erkennen vermochte. In der Hand hielt der Mann einen Dolch. Als dieser hochfuhr, blitzte die Klinge auf – kurz, dann…

Der IS hatte Schuld an Zahiras und Hakims Unglück und er wütete in Ayashas Heimat. Tarek dachte an die hungernden Palästinenser im eingeschlossenen Jarmuk. Goman hatte Recht. Tarek vernahm seine Worte: „Wir sind die Hoffnung unseres Volkes!" Palästina und Kurdistan – welchen Unterschied machte es?

Nachts, wenn Tarek wach lag und auf die Zimmerdecke starrte, hörte er Flügelheben – Schwarz-weißer Schriftzug in der Finsternis. Drüben, am Ende des Ganges lag Goman. Auch er war wach, Tarek wusste es. Wenn er einnickte, träumte er vom Schwarz in Gomans Faust. Es hob sich und wurde zum Zeichen, hart wie Stein, reine Kraft! ‚Ich bin es müde zu sterben', dachte Tarek, ‚die vielen kleinen Tode. Ich bin so müde!' Goman hatte seinen Widerstand gebrochen.

Eines Nachts gingen sie. Die Tür fiel in die Stille. Tarek erschrak, obschon das Haus schwieg. Draußen lag Schnee und gleich vor seinen Füßen hockten erfrorene Hagebutten. Sie sahen aus wie rote Blutstropfen. Tarek strich über den kalten Teppich. Als seine Hand tiefer fuhr, blieben die Kristalle an der Haut hängen und bildeten eine kleine, weiße Kugel. Er richtete sich auf und umschloss das zauberhafte Wesen mit seiner Faust. Anfangs fühlte es sich hart an. In der Wärme seiner Hand zerfloss es weich, nachgiebig sanft wie Ayashas Augen …

Goman merkte, dass Tarek zögerte. Er hob einige Hagebutten auf und legte sie Tarek in die Hand. Dann drückte er zu. Seine Faust umschloss Tareks Faust. Er sagte: „Es ist unser Weg. Rot wie die Hoffnung!"

Tarek hielt seinem Blick stand. In seinem Kopf bildete sich ein Satz: ‚Alles hätte ich getan, Vater!' Das Schwarz seiner Augen glomm rot. Er sagte: „Komm, wir gehen!"

Aus seiner Faust tropfte es wie Blut.

176

Ayasha

Sidi, wenn du durch meine Augens sehen könntest! Auch du würdest es nicht für möglich halten, wie sehr sich eine Landschaft von einem Tag zum anderen verändern kann. Gestern mutete das Tal wie eine Zeichnung ohne Farben an. Im Garten hingen weiße Spinnfäden, und wenn man über die Wiese ging, knisterte das Laub. Auf den Blättern schimmerte es, als wüchsen Salzkristalle aus dem Meer. Die Fichten drüben am Hang standen wie schwarze Kerzen, so unheimlich, dass wir keine Lust verspürten, den Wald zu betreten.

Schon heute Nacht bemerkte ich die Veränderung. Die Scheibe unserer Eingangstür überzog sich mit Eisblumen, die im Schein der Straßenlampe blühten. Wenn ich durch das Glas ins Licht sah und den Kopf hin- und herbewegte, flackerten sie. Später begann es zu schneien und heute Morgen lag ein Zauber über dem Land.

Sidi, du weißt, wie man mit Falkenaugen sieht. Versuch es noch einmal! Mit ihnen wirst du die Schönheit erblicken. Drüben, das Flackern im Irrlicht sind Christines Feen, die Fabelwesen der Märchen ihrer Heimat. Das Stoppelfeld – heute liegt es unter einer weichen Decke. Die Falten sind geglättet wie bei einem sorgfältig gemachten Bett.

Sidi, es ist still um mich, still in mir. Fast scheint es, als wäre ich in die Leere gekrochen, dorthin, wo du wohnst in der Galerie meiner Verstorbenen. Lass mich dir erzählen, dass jetzt auch Tarek zu euch gehört. Spar dir deine Worte, Großvater, ich weiß, dass er lebt! Dennoch ist er endgültig gegangen. Als er mich das letzte Mal anblickte … Es waren die Augen eines alten Mannes, der das Leben schon hinter sich hat. Ich wollte noch … Warum ist er gegangen?

Großvater, du brauchst mir nicht zu versichern, dass er lebt. Stark ist er, weil er von Anfang an allein zurechtkommen musste, klug, weil er lernte, Kaktusblätter zu essen, Wildkräuter und Wurzeln. Aber nie anzukommen ist irgendwann nicht mehr auszuhalten, es tötet. Tarek ist gestorben, obwohl er lebt. Ich, seine Mutter, kann es fühlen.

Großvater, schau! Die Flocken! Sie tanzen wie fliegende Teppiche. Ihr Flüstern erzählt vom fruchtbaren Halbmond, der unsere dürstenden Seelen nährt. Es sind Geschichten vom Grün der Oasenhaine und sie machen Appetit auf süße Maulbeeren und Datteln … Hör, die zarten Stimmchen, sie singen über den Herzschlag hinaus. Tarek wird sie verstehen, sobald sein Körper seiner Seele nachfolgt.

Zuletzt im Vergehen Religionen verwehen.
Wenn Zeiten verhallen, Reiche zerfallen.

Irgendwann.

Endlich!

Epilog

Ende 2016 waren laut UNHCR mehr als 65 Millionen Menschen auf der Flucht. Dies ist die höchste Zahl, die jemals verzeichnet wurde. Gäbe es nicht das Gefühl, den Vertriebenen anzugehören, Flüchtling vor mir selbst wäre ich,

Refugee –
nicht außen,
aber innen.

Duanna Mund

BIBLIOGRAPIE
Duanna Mund / Birgit Winkler

Himmelszeichen
Lyrik
Eigenverlag
Erscheinungsjahr: 2014

Haere Mai - Neuseeland
Poesie des Reisens
Reiseführer
ISBN-13: 9783734725722
Verlag: BoD
Erscheinungsjahr: 2015 / Neuauflage 2020

Zwischen Megacity und Dschungel
Essay
ISBN 9783746030456
Verlag: BoD
Erscheinungsjahr: 2017

Elchi sucht das Glück / Back to the roots
Kinderbuch
ISBN-13: 9783752806823
Verlag: BoD
Erscheinungsjahr: 2018

Kopfkino / nachtverhangen
Gedichte / Kurzprosa
ISBN 9783750486805
Verlag BoD
Erscheinungsjahr: 2016 / überarbeitete Neuauflage 2020

mundgescheuert
Gedichte
Verlag: BoD
Erscheinungsjahr: 2019

Circuito grande
Chile / Argentinien / Bolivien
Poesie des Reisens
Reiseführer
Verlag: BoD
Erscheinungsjahr: 2020

Panoptes / Teil 1
Auge
Roman
Verlag BoD
Erscheinungsjahr 2020

Titel ohne ISBN zu beziehen über die Autorin

www.birgitwinkler.at
unter Kontakt